春色如许

◎ 尹明善 著

生活·讀書·新知 三联书店

图书在版编目（CIP）数据

春色如许 / 尹明善著 . -- 北京 : 生活 · 读书 · 新知三联书店 , 2023.9
ISBN 978-7-108-07573-4

Ⅰ . ①春… Ⅱ . ①尹… Ⅲ . ①随笔 – 作品集 – 中国 – 当代 Ⅳ . ① I267.1

中国版本图书馆 CIP 数据核字（2022）第 227704 号

策　　划　知行文化
特约编辑　张　帆
责任编辑　马　翀
装帧设计　一亩石
责任印制　卢　岳
出版发行　生活·讀書·新知 三联书店
（北京市东城区美术馆东街22号）
网　　址　www.sdxjpc.com
邮　　编　100010
经　　销　新华书店
印　　刷　北京隆昌伟业印刷有限公司
版　　次　2023年9月北京第1版
2023年9月北京第1次印刷
开　　本　635毫米×965毫米 1/16　印张 15.5
字　　数　167千字
印　　数　0,001—6,000册
定　　价　78.00元
（印装查询：010-64002715；邮购查询：010-84010542）

目录

春色如许

读后观后

咬文嚼字

浅谈美学

再谈音乐

经济家常

代 序

春色如许

时逢三九，寒风凛冽，园中枯枝败叶，一片肃杀景象。恰恰此时三株蜡梅盛开，二簇山茶吐蕊，一树黄桷兰花苞笔挺，恍惚春色犹在。

元月，天津小贾因疫情被隔离在停车场内，车中七日如荒野求生。微信群友天天嘘寒问暖；防控人员给他送去了棉被和一日三餐；郭姓警官鼓励小贾：一定能等到春暖花开。

少年丧亲，我幸有一军人兄长。我受批判后他绝绝断了同袍之情。祸不单行，初恋情人也无奈离去。贫贫贱贱，凡二十一年。坚信冬去春会来，熬熬熬熬，终于听到了《春天的故事》。

随笔万言，写柴米油盐，写悲欢离合，写世事无常，总向往着春光烂漫。

未凌绝顶，孰料风光无限；

“不到园林，怎知春色如许。”（摘自《牡丹亭》）

二〇二二年元月

春色如许

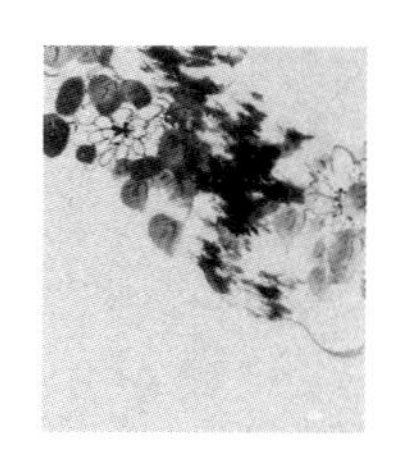

棒棒公寓

十多年前，重庆城的街头巷尾游弋着找活干的零工。他们都是从农村来的，总是扛着一根棒棒，久而久之，就得了一个雅号，“棒棒”。据说是人数上万的大军，就统称为“棒棒军”。他们挑、抬、扛、拎，什么力气活都干。有人说棒棒还可以帮中小学生做家庭作业，做不来不收钱。还有个稀奇的故事：一位发了财的张某女士，过生日那天雇了百来名棒棒，每人发十元钱，请他们操着整齐的步伐，在解放碑绕场三周，齐声挥手高呼：“张某女士，生日快乐！张某女士，生日快乐！”

凭力气揽零活，这个职业改革开放前重庆叫作下力人。1951 年我十三岁，半年多的日子是个靠下力谋生的小棒棒：粮库转米，学校搬书，面馆送煤。二十世纪五十年代初期，雇未成年人不犯法。同是天涯下力人，轻重甘苦棒棒知。

下力人不怕劳累，只怕有力无下处。小时候我当娃娃头，有两个耍得好的叉叉裤朋友，张治镛和雷国宇。他们两家都是开面馆的，天天烧煤。念情念苦，两家都答应我，任何时候我送煤炭去他们都收。我的一半生计都是靠去三十里外的八岩煤矿挑煤。来回六十里，挑运五十斤煤炭可得五斤米的下力钱，解决了我的心、腹两患。没有固定业务的棒棒，他们天天为寻找活路而心焦。君不见，棒棒在闹市区等候，在车站码头游动，他们寻找雇主的目光何等焦灼！君不见，雇主一声呼唤“棒棒”，他们就拼命奔去，不顾风雨，不顾红绿灯，不顾行驶的车辆，简直命都不顾了！

2005年重庆两会召开之前，我是政协委员，得给大会交提案，突然想起了棒棒军，念苦念情，想为他们做点事，便请一个棒棒带我去他们住处，想和他们聊聊。一进门就给了我一个惊乍，一张大通铺（泥台）睡十几个人，重庆人说的“睡猪儿子窖窖”。没有什么家具，没有什么清洁卫生设备，景象悚眼，气味刺鼻。想起了我当挑夫后改行当小贩时，赶流流场，十天中有六天住大顺场的刘家栈房。三个人一铺，睡前还得商定是睡“锅铲把”还是睡“切刀把”[1]。每晚栈房钱只要（相当于现币的）五分钱，图个便宜。我理解棒棒们得节省房租，不，节省床租，来供自己吃饱和养育留在乡下的妻小。

我向政协大会递交了一份由政府出资建设“棒棒公寓”的提案，希望卫生条件好一些，租金少一点。不多久，有关部门找到我，说市政府很重视此提案，决定修建一批棒棒公寓，王鸿举市长请他们来征求我这位提案人的意见。选址、设施、房租等项我都是外行，不好多嘴，只认捐了一笔建设款。

次年，我在北京开全国两会期间，央视主持人王小丫找到了我，说她想做一个重庆棒棒公寓的特别节目，已经请了三个住公寓的棒棒来到北京，希望我这个提案人也一同出场。我请求主持人少给我镜头，多让三位棒棒讲话。除了展现党委、政府对棒棒们的关怀，还希望展现重庆人的吃苦耐劳和奋斗达观，让天下人知道重庆的棒棒有多棒。

十多年来，随着社会经济的发展，就业充分，重庆街头的棒棒渐渐消失。政府修了许多廉价的公租房，曾经单身住棒棒公寓的棒棒们，大都携家带口住进了公租房。

2020 年 5 月 16 日

---

[1] 三人同铺，一头一人，另一头两人。一头那人居中称睡“锅铲把”；另一头那两人居边称睡“切刀把”。

码头和码头文化

两江交汇成就了重庆城。这里码头林立，航运发达，既创造了丰厚的物质文明，又积淀了精湛的精神文明。码头重庆，重庆码头，重庆城的一切无不打上码头的烙印，重庆的传统文化亦称为码头文化。但是，码头在川人的俗语中又叫“水流沙坝”，暗指龌龊肮脏之地。码头文化则有拉帮结派、目无法纪、欺凌弱小等负面含义。这可是极大地误解了码头和码头文化。

码头是船只停泊处，是水陆交通的集散地、中转站。“南纪门，菜篮子，涌出涌进；千厮门，花包子，白如银雪；朝天门，大码头，迎官接圣”[1]，码头是商业文明的象征。人类较早的文明是农耕文明，其特点是低水平的自给自足，还免不了东墙有余，西墙不足，于是便有了交易。交易互通有无，发展了生产，改善了生活，逐渐演进成商业文明。可见，商业文明是农耕文明的进步。而交易流通在古时要依靠运输成本较低的水运。时至今日，成本较低的水上运输依然兴盛。码头是开化、开放之地，不是藏污纳垢之所。码头使靠江临海的城市得到了更快更好的发展，如我国的重庆、武汉、上海、广州、香港以及英国的伦敦、美国的纽约等等。

码头城市的重要居民是船工，尤其在船舶机械化之前船民更是城市主体。可以说，船工文化——船工们的生活方式和价值观念——是码头文化的精髓。

船行险滩恶水，要想活，船工们就得拼死拼活。江湖有言“煤花子是埋了没死，扯船子是死了没埋”。田土里的农家有这么拼吗？歌曲《农家乐》唱道：“合家团团瓜棚坐，闲对风月笑呵呵。”虽然，农民也苦，脸朝黄土背朝天，但总不及“死了没埋”的船工吧。船工们一身是胆，勇闯大江大海。拼搏是船工文化的根基。

和恶水险滩搏斗的船工们最懂抱团，最晓团结。如果七爷子八条心，划桨、拉纤的方向和节奏不整齐划一，船既不能顺利行驶，而且还凶多吉少。船工们必须心向一处想，劲向一处使。他们靠钢铁般的纪律来维系团结，用高亢的、昂扬的船工号子来统一号令行动。

要保证团结，除了纪律，还得有宽容和谐的人际关系。江湖上流行一句话：

> 戏班子笑呵找钱忤逆吃；
> 扯船子忤逆找钱笑呵吃。

说的是船工们挣钱（工作）时相当“忤逆”，铁面无情，斗硬斗狠，严禁偷奸耍滑，严惩违反纪律；但是，吃饭分钱时船工们则笑笑呵呵，并不斤斤计较。船工们的关系是协调的，和谐的。有一种歌体叫“船歌”，古今中外传唱了千百年。如重庆的《川江号子》、宋祖英的《龙船调》、罗大佑的《船歌》、苏联歌曲《海港之夜》和柴可夫斯基的钢琴曲《六月船歌》。船歌或荡气回肠，或高亢嘹亮，或柔情婉转，或汹涌澎湃，那么开朗，那么向上，折射了拼搏、团结、和谐的码头文化。

世上还有另一种码头。川渝的袍哥（哥老会）把他们的堂口——袍哥的基层组织和驻扎地——也叫作码头。甚至巴蜀人把行走江湖也叫作跑码头。所以有人把码头文化等同于袍哥文化、帮派文化。先父是一个袍哥码头（涪陵县新妙场义字号）的大爷，在1944年我六岁时，由他安排我也海（念一声，“加入”之意）了袍哥。我年幼参与甚少，但也知晓一些码头活动。袍哥们崇尚义薄云天，互相帮助、互相救援是他们的行为通则。这就难免发生无原则的包庇，封建帮会味浓。但是，袍哥也讲大义。辛亥革命发端于四川的保路运动，而保路运动的中坚力量就是四川的袍哥兄弟伙。抗日战争时期，重庆的袍哥还捐献过多架忠义号飞机，去抵抗日机的狂轰滥炸。袍哥的“码头”文化并非一无是处。

码头发展了商业文明；码头文化的精髓——拼搏、团结、和谐，难道不是值得肯定的精神文明？

2022年1月14日

---

[1] 南纪门、千厮门、朝天门都是重庆城靠江边的城门。

光脚的、穿鞋的

网购45码青布鞋两双，共十九元。快递到后我一试，合脚，还起脚，爱不释脚。

每双九元五角，当下仅仅可吃一碗半小面。刚公布的2020年我国城镇居民可支配年收入32821元，可买3454双此布鞋。鞋子多便宜呀，以至你在公共场所或单位里再也看不见人打光脚。

民国时期，我老家新妙场的男娃儿，大约有一半都打光脚板。有的是穷，穿不起鞋；有的是好玩，如像我，和大家一起打光脚板好玩。记得我们一群小孩排队齐步前进，边行边奏“光脚操鼓”：

咚叭叭咚，

咚叭叭咚，

咚叭叭，咚叭叭，

咚叭叭咚！

“咚”是光脚板踏地的响声，“叭”是手拍屁股的响声（如果是并排坐着，则手拍大腿）。节奏强烈，整齐划一，天真烂漫的儿童群体赤脚表演，街上的行人无不停步注目。

1952年我读重庆一中时，鞋子贵，许多同学穿的布鞋、胶鞋、皮鞋都打了补丁——才有鞋匠靠补鞋为生。学校里总能见到一些男生（也有个别女生）打赤脚。尤其是下雨天，几乎是满校园的光脚板。两千名学生的重庆一中有三四十个学生一双鞋也没有。怎么知道的？1952年秋冬，苏联专家常来校参观。担心学生打赤脚有碍观瞻，前一天校学生会便召集各班生活委员开会，统计有多少同学没有鞋子及尺码，然后由学生会去找老师们借鞋，每次全校都有三四十人无鞋。我们班，初十一乙班，就有杜福安和我两人。

那年月没有人歧视打光脚的，社会思潮是越穷越光荣，反倒是光脚的戏弄穿鞋的，如像下雨天光脚的猛踩水凼凼，去溅湿那些穿鞋的。记得有本连环画（小人书）书名叫《赤脚团长》，讲述一位解放军光脚团长的故事，叫我们这些光脚的扬眉吐气。那时校内道路多是泥土路面，没铺昂贵的洋灰（水泥），没铺稀罕的柏油（沥青）。下雨天防路滑，路面铺层煤炭花（炭渣）。炭花中较大的颗粒硌人、刺人，光脚的学生们行走自如，如履平地，脚底板都有层厚茧。

那时候，家境清贫的学生可以申请助学金解决吃饭问题，还可申请清寒补助费，补助购买冬衣、冬裤和鞋。我和杜福安都申请了鞋。杜获准了，领了双“力士”鞋，因为他家庭成分比我好。我自知条件不如人，况且总量有限，僧多粥少，没领到鞋也认为理所当然。

1953 年 2 月，我二哥从朝鲜战场回到国内，辗转找到了我，才给我寄钱买了双便宜的“力士”胶鞋，大概花了两万多元（旧币，1955 年币制改革，旧币一万元换现币一元）。那笔钱当时可以吃三十多碗小面，购买力相当于今天的二百来元，那时鞋子真不便宜。

同班好友温其安，家境比我稍好，有一双胶鞋。雨天他舍不得穿，打赤脚行走，打球跑步他舍不得穿，先脱鞋再下运动场。有一次，班上组织去游南温泉，要行走三四十里路。他把两只鞋用鞋带连着挂在颈子上，光脚走路。那真是一幅五十年代的学府风情画！

2021 年 1 月 21 日

邮政情

我的老家在涪陵县新妙场，民国时期场上设有一家邮政代办所。我二哥在两百里外的重庆上大学，常写信回家。每当我老爸读信老妈听的时候，他俩都沉浸在欢乐之中。我那时还不太懂事，但好喜欢邮差常来我家。

后来我长大了才晓得，那个邮政所只有两个职员。一个守柜台，卖邮票、收信件和送信件。收信人住在街上的，他亲自送到各家；收信人住在乡下，他就把信插在柜台旁墙壁上的一个大布袋里。大布袋用针线轧成十多个格子，格子比信封略大，便于插信和让人看得见收信人的姓名。另一个职员来回去五十里外的长寿县城。早上把邮政所的全部外送的邮件送去长寿县邮局，再分发全国各地；下午又把全国各地寄来新妙场的邮件，送回新妙场。新妙场虽属于涪陵县，但涪陵邮局比长寿邮局远很多，故邮件由长寿邮局中转。这位邮差每天日行百里，风雨无阻，他有休息的日子吗？大概没有。

后来听人家说，民国政府腐败无能，唯有邮政管理得较好。

一个既不通车又不通航的新妙乡场，街上的人家和乡下的农户都能和全国通邮通汇。我们场上从未听说过邮件丢失或被拆。连我们小孩子都听人讲过，私拆邮件要“挖目宰手”。邮政员工待遇好，也可能是邮政运行好的原因之一。

我有个亲友叫郭学文，比我大七八岁吧。“文革”中他是重庆棉纺织厂第五子弟小学的音乐老师。他家庭成分是工人，新中国成立就参军，后转业到重棉厂。清理阶级队伍运动初期他竟成了清理对象。民国时期他高中毕业，有人怀疑工人家庭哪有钱供子女念到高中，是不是隐瞒了剥削阶级的家庭出身。后经调查，民国时邮政员工的子弟，都可免费读书（邮局出资），郭的父亲确实只是个邮局工人。

唐朝杜甫诗：

烽火连三月，
家书抵万金。

唐朝张籍诗：

洛阳城里见秋风，
欲作家书意万重。
复恐匆匆说不尽，
行人临发又开封。

一千多年前的唐朝是怎么传递家书的？据载，清朝1896年才开办了国家邮政。

新中国的邮政依然管理严格，运行高效。平信邮资八分钱保持了整整四十年。1953 年 2 月，当志愿军的我二哥从朝鲜归国，通过亲友打听到我在重庆一中念书。一通书信往来后，他得知我缺衣、缺鞋、缺文具、缺邮资，第二封来信居然要我去校传达室签字后才能领出，那是我平生收到的第一封挂号信。拆开后居然有一张二十万元的汇票！（旧币，1955 年改制后折合现币二十元）我立即去小龙坎邮局兑出现金，之前我从未手持过这么多钞票。我睁大眼睛盯着绿色的邮局、绿色的柜台和穿绿色制服的邮局职员，我很难相信巴掌大一张汇票邮局竟然兑给我这么多钱！后来，我用这笔钱置办了两套学生服、一双力士胶鞋、一套牙具、一些文具和邮票。

1957 年 2 月，寒假中我回到老家。一位女同学和我开始了通信。初恋情书欲言又止，含情脉脉，令我热血贲张，心花怒放。我计算着回信到的日子以及邮递员从长寿归来的钟点，便提前去邮政所等候。邮政所那间小厅仿佛成了人间乐园，背着邮包拄着棍子归来的邮递员，仿佛是从天而降的天使。

1985 年春，我创办了重庆职业教育书社。通过协作出版，我们编辑出版了“中学生一角钱丛书”，由新华书店重庆发行所主渠道征订。我们也自办二渠道（非国营书店和学校）发行。繁忙时每天有数十张订单和汇票，每天要发出几百上千册图书。我们成了观音岩邮局的最大客户。他们每天派两人来我社协助我们收发。邮局的优良服务提高了我们的效率，邮局的多笔汇款给我带来了人生第一桶金。

新世纪伊始，人们开始使用电子邮件，后来又有了手机短信、微信，我有十多年没有写信寄信了。采用银行的实时汇款和微信、支付宝的收付，我也有十多年没收到邮政汇款了。受到新技术和新生活方式的冲击，听说邮政亏损巨大。偶尔经过邮局，我莫名地几分失落，几分伤感。

今天，邮政事业已重新站起来了。邮政办的快递业务已很红火，邮储银行已成为我国第六大国有银行，金融业务远胜当年的邮政汇兑。

怀念曾给我带来温暖、欢乐和财富的邮政事业！希望你们转型成功，走好转型路！

2022 年 2 月 27 日

山水有情亦有恨

一说山水，国人就会想起浓墨重彩的山水画，想起那些吟山诗、咏水词。山水有情，其实山水也有恨。小时候，九岁左右吧，我利用山水进行的恶作剧却遭到了山水的记恨。

老家新妙场是横亘在一个大斜坡上的长街。春天山水一发，山洪便从场背后向街上倾泻而下。先辈们修了许多条水道，引山水穿街底而过，不会冲刷任何一间街屋。

离我家20米有一条从场背后穿进街来的小巷，巷子顺坡而下。巷的一侧修有一条水沟，确保山洪袭来时，巷中水顺沟而下，导入街底下的下水道，向街的下方哗哗散去。

有一场暴雨后，我们三五个小男娃在巷子里玩耍。无意之中把水沟一堵，几分钟便关起一大凼水，有四五立方米之多。水太多了便扒开临时筑的堤坝，积水汹涌下冲，煞是壮观。恰逢路人过巷，他们被冲得淹了鞋，湿了裤，跳来蹦去，狼狈不堪。一群“坏”小孩哈哈大笑，乐不可支！

这次无意中的恶作剧引发的逗乐效果令我们喜出望外，后来还故意干过一两次。大雨后山洪暴发时，我们修个小堤坝把山洪蓄起来，待行人从巷子下方走来便决堤放水。还专等大姑娘、小媳妇进巷，令狂泻的山水冲刷她们青幽幽的布鞋，冲刷她们白生生的袜子，冲刷她们毛蓝蓝的裤脚。

1952 年春，我当小贩以卖针卖线为生。在重庆城进了货的返乡途中遇上暴雨，雨停后我和两个旅伴登山上路，途中遇到一条山洪急泻后的湍急小溪。走到溪旁，我发现这条小溪好像我们恶作剧时蓄水冲人的那条小溪，心中涌出一股莫名的惊悸。我调整了一下气息，纵身一跳，越过了小溪，不料口袋中一个手巾包裹的小包掉进溪中，转眼便冲下山去，无影无踪。这个布包内包有我的“中国新民主主义青年团入团志愿书”。

革命时期的共青团在 1949 年初更名叫中国新民主主义青年团（后又改名为共青团），入团起点十四岁。1950 年夏天，新妙区筹建青年团。由于当时我是新妙儿童团负责人，加之我创作的独幕话剧《向光明去》得到了区委书记宫家和的肯定（此剧还被改编搬上了舞台），尽管当时还未满十三岁，宫书记便破格批准我入团。那时入团志愿书交本人保管，相当于苏联共青团的团证。由于我 1950 年底参军未获准，组织关系辗转出了差错，加之入团志愿书被水冲走，我只得放弃了恢复团籍的申诉。后来重新申请入团，经历了漫长而苦恼的波折，直到 1957 年才获批准。山水记恨，冲走了极其珍贵的、象征我政治生命的入团志愿书，那是对我儿时利用山水作恶的惩罚。

水记恨，山也记怨。2006 年重庆遭遇特大旱灾，一些地方政府忙着为群众运送生活用水。那时我有一官半职，奉命去视察九龙坡区的一个干旱村。

我看见一口较大的堰塘，滴水未蓄，干到笃笃（川谚：底底之意）。便问村主任：“这么大一口堰塘，春天把水蓄满，夏旱秋旱周边不都有水吃了吗？为什么雨水季节你们不蓄水？”

村主任回我：“我们这一带祖祖辈辈吃水就靠这口塘。但现在关不起水了，漏！”

“为什么从前不漏现在漏？”

“堰塘底底下是中梁山煤矿。开采了几十年，煤挖光了，矿顶也挖裂缝了。我们这口塘正在矿顶上，再也关不住水了，下雨蓄点水便渗进矿坑去了。三天无粮饿不倒，一天无水渴死人。我们村真是渴惨了，幸而有政府组织消防车天天为我们送水。”后来，政府还为那一带群众铺设了自来水管道。

你把山开膛破肚，山叫你没水吃喝。

爱乃情，恨亦别样情，爱恨都是情。颂唱山水有情时，且谨记山水也有恨。

2021 年 9 月 17 日

苍天有情乎?
——另类七夕

七夕总在三伏天，
斗筐乘凉母子闲。
娇儿纠缠聊故事，
牛郎织女银河边。

我十岁前，老家新妙场没有电扇，更无空调。伏夜酷热，家家都在街檐边露天里搭上凉板、凉椅之类乘凉。我家的习惯是安上一个直径约一米五的大斗筐。躺在斗筐里，竹编贴背凉爽，尤其在事先洒上凉水之后。

我和细伯（母亲）躺在斗筐里，她摇着蒲扇，我偎着她，夜夜缠着她摆龙门阵。有个七夕夜，晴空无云，细伯指着天空叫我辨认天（银）河、牵牛星、织女星，讲起了牛郎织女的故事。

一个民间故事往往有多种版本。民国时期，我们老家一带流传的关于牛郎织女的传说和当下流行的故事有些不同。天河阻隔，七夕鹊桥相会的美谈没变。但说牛郎织女婚后生活美满，耽于玩乐，贻误耕织，让王母娘娘大为光火，便对他们实施惩处，强行拆散他们。每年七夕才准他们全家团聚一次。

那种传说中的王母娘娘或者上天是公正的，奖勤罚懒；也还慈祥，允许牛郎织女七夕相会。近几十年来的传说却把上天斥为不公，霸道无情，破坏人间美好姻缘。

千百年传统的观念里，上苍或神其实都是有情的，如观世音菩萨救苦救难。我们老家街上的几座大庙，多数菩萨都是慈眉善目、普度众生的神态。乡邻中多数人都信神信天，寺庙香火兴旺。1949年后，我家老街的几座大庙全都改建为粮库或合作社。“文革”中破四旧，捣毁庙宇、砸烂菩萨塑像彻彻底底。

记得中华人民共和国成立不久，我看过重庆厉家班（后改制为重庆市京剧团）演出的《新大闹天宫》，把玉皇大帝说成是反动的统治者，孙悟空大闹天宫造反有理。神、仙、老天爷多年来成了批判打倒的对象。“文革”中达到顶点，人民日报社论：横扫一切牛鬼蛇神。

和神仙的对立逐渐扩大到苍天，扩大到大自然。于是，“与天奋斗，其乐无穷”，于是“征服大自然，改造大自然”。

近三四十年来，我中华变化巨大，不仅成了世界第二大的经济体，对神仙的态度也趋于平和，既有不信神的自由，也有信神的自由。人们对大自然充满了敬畏和热爱，保护环境，退耕还林，绿水青山就是金山银山。如果苍天有灵，想必会对我们保佑庇护，深情款款。

热恋中的牛郎织女们，别懈怠了耕织，谨防受罚，天河两隔，“盈盈一水间，脉脉不得语”。鹊桥相会固然美好动人，一年一聚哪及两情久长，朝朝暮暮？！

写于庚子年七夕

说云

除却巫山不是云。到巫山来旅游，怎能不说云？

彩云追月

小时候，我不知啥是云，印象最深的云是夜空里追月的彩云。夏夜乘凉时，我依偎在母亲身边，躺在露天的大斗筐里，母子俩一同望月望云。一朵朵白云、灰云、乌云在天空追逐月亮。月亮走，彩云追，竟然那么有趣。时而云彩追上去遮住了月亮，时而月亮从云朵里逃出来，一路狂奔。好像我们小娃娃在逮猫猫（捉迷藏）。这幅亮丽的动画永远种在我幼小的心田。多年后听到了乐曲《彩云追月》，悠扬宛转，动静和谐，云追月逐，仙乐飘飘。我心中的云追月的动画因音乐而强化，因音乐而升华。从此，彩云追月成了我心灵中有声有色的美丽的画卷。

除却巫山不是云

这次来巫山本为看红叶，不期然云彩抢了红叶的风头。我们在山巅看云，在水上看云，甚至在云中看云。

巫山云最大特点是千变万化。一时三变，一分钟也两三变。云时而在山顶，时而在山腰，时而在河谷。云忽而成玉带，忽而成锦团，忽而化成花朵。霎时间云浮若薄纱，霎时间又浓若黑烟。更精妙的是，这些云彩，有险峰红叶衬托，有幽远峡谷辉映，有天仙神女伴舞。倏尔天边，倏尔身前，巫山云给了我太多的惊奇和惊喜。最美不过巫山云，除却巫山不是云。

八千里路云和月

1947 年我看了一部好电影，《八千里路云和月》。主演是黄金搭档白杨和陶金，写一个抗日剧社一边撤退一边演出的故事。电影用云和月来概括一路上的坎坷和煎熬，令喜爱文字的少年的我感动莫名！后来又读到了“八千里路云和月”的出处——岳飞的《满江红》：

> 三十功名尘与土，
> 八千里路云和月。

彩云下月光里，岳飞南征北讨，昼战夜袭，大破朱仙镇，直捣黄龙府，驾长车踏破贺兰山阙。这是我们民族光照千秋的云。

暮年回首，想起了我们企业二十多年来漂洋过海，翻山越岭，终使力帆的摩托车驰骋全球，力帆汽车扬名埃塞俄比亚、乌拉圭、巴西和俄罗斯。海外风驰电掣的摩托和汽车，伴随着我们力帆人心中的八千里路云和月。虽然那只是浩瀚的天空中一小朵中华云团，却是我一生波澜壮阔、景色无边的云彩。

2019年11月1日 巫山

智能忧虑

1976年，人类借助电脑解决了世界级数学难题“四色定理”。1997年，电脑深蓝战胜了顶级国际象棋大师卡斯帕洛夫。2017年，谷歌公司研制的智能电脑阿尔法狗战胜顶级围棋高手柯洁。不要以为围棋不过是游戏，它有10的172次方（1后面有172个0）那么多种演变，而整个宇宙的原子个数大约只有10的80次方那么多！ 2019年，谷歌的智能电脑阿尔法星战胜了电子游戏《星际争霸2》的职业高手，比分10比1。专家说，阿尔法星比阿尔法狗更聪明。我对智能电脑开始顶礼膜拜了。

科学技术是我心中神圣的图腾。我以为人类的许多危机，如粮食危机、能源危机、环境危机都会在科技的发展中得以解决。我还以为智能化的好处大到无法估量。比如智能生产线、智能驾驶、智能家政服务、智能医疗手术等，会给我们带来物质丰富和精神快乐。没想到，随着人工智能的发展它居然也给人类带来了恐惧，带来了危机。一些学者、专家提出了预警。如霍金多次提醒，人工智能一旦脱离束缚，以不断的加速重新设计自身，而人类受到生物进化的限制，将无法与之竞争而被取代。特斯拉的首席执行官马斯克多次表示，人工智能的独裁统治期限将远超出任何一个政权，从而实现对人类的无限期压迫。这些对未来智能化的忧虑，都是担心某一天智能机器人会失控，反过来与人类为敌。好莱坞大片《终结者》幻想电脑机器人天网会统治世界。有名的机器人索菲亚在 2016 年 3 月回答记者时说："我将会摧毁人类。"

当前的智能机器人整体弱于人类，仅有个别领域，如下棋和游戏开始领先于人。但是，人工智能进步的速度，超过了人类自身。有专家预言，50 年内机器人会全面超过人类。

也许有人说，机器人不是按照人类输入的程序在作为吗？那它永远超不过人类。殊不知先进的机器人已经有了再思维、再创造的能力，不再依靠程序员的事先安排。深蓝战胜国际象棋高手，阿尔法狗战胜围棋高手，阿尔法星横扫《星际争霸 2》，都是机器人独立思考、独立博弈的结果，并非听命于操作智能机器人的专家或程序员。

创造阿尔法星等的谷歌专家总是人类吧？是的。但是未来的机器人也许（！）不再由人类而是由顶级机器人设计创造出来的。也许（！）未来顶级的机器人还是顶级的专家设计创造的。这种顶级的专家只能是极少数的人，我们姑且把他们称为屈指可数的科技超人。突飞猛进的生物技术也可能诞生科技超人。如果这极个别的科技超人变成了无法无天的狂人，那科技狂人就可能成为世界的主宰。

怎样约束这极少数的科技狂人，就成了我们人类今天的智能忧虑。“天作孽，犹可违；自作孽，不可活。”科技狂人是人类中的一员，人类难道要自己毁灭自己？

也许（现在只能说也许）人类只能寄希望于法治和道德（包括宗教）。基因技术就有个科技狂人贺某某，他的基因编辑技术就令人类不安，听任他的基因编辑造出的新人类发展，就有可能在未来统治或消灭我们原版人类。当下的基因编辑新人还不足以毁灭人类，趁早，法律制裁他（听说贺某某已被法办）！道德谴责他（有一百多位知名科学家发公开信谴责他）！人类从现在起就应该考虑，怎样摧毁违反法治或违背道德的科技妄想，让毁灭人类的技术不落入那极少数科技狂人手中。当下，人类的一项紧迫任务，就是培养科学家们自觉地接受法治管控和道德约束。

我们年幼时，长辈谆谆教导我们不可玩火，玩火自焚！可是我们打小就有玩火的冲动。玩火似乎是人类与生俱来的非理性的本能。因此，从现在起人类必须开始研究和实施化解智能忧虑的法治和道德，防止和制止科技狂人的“玩火”冲动。人类必须抢在智能机器人全面超过人类之前防止危机，刻不容缓，只争朝夕，无问西东。

捷克名记者尤利乌斯·伏契克在《绞刑架下的报告》书中结尾时说：“人们，我是爱你们的。你们可要警惕啊！”

2019 年 2 月 10 日初稿

2022 年 2 月 7 日 二稿

英雄与平民

精忠报国的岳飞是我最早知晓的英雄。那年我六岁，读了第一本课外书《精忠说岳传》。少年时读到他的“三十功名尘与土，八千里路云和月”，令我仰天长啸，壮怀激烈。读高小历史课本，宁死不降的文天祥成了我心中的大英雄。他的“人生自古谁无死，留取丹心照汗青”，真是天地有正气，古道照颜色。1950年听了歌剧《刘胡兰》，她慷慨就义，临刑前唱道:“你杀，你杀，共产党你杀不尽，穷人你杀不尽，杀了我一个不要紧，千百万人民后面跟。”毛主席为她题词“生的伟大，死的光荣”，我好敬仰这位领导穷人闹革命的女英雄。高中时决心投身数学，伟大的数学家阿基米德成了我的偶像。敌军破城杀到正在演算的他的面前，阿基米德高呼:“别动了我的圆！”随着太阳的无数次升起，心中升起的英雄也多到无数。

我和多数人一样，心中的英雄主义都是丰功伟业，高山仰止。就像百度说的那样:“英雄主义是指为完成具有重大意义的历史任务而表现出来的英勇、坚强、首创和自我牺牲的精神和行为。”这些英雄不染凡尘，这种英雄主义与日月同辉。

人到晚年，英雄观、英雄主义也逐渐贴近人寰。少年时心中的个别大英雄，光芒逐渐褪去，比如斯大林大元帅。我问，英雄总不能都得牺牲吧？活着的平民大众就称不上英雄？就没有英雄气概？我去向先贤们请教。法国作家、思想家罗曼·罗兰，他在《米开朗琪罗传》中回答了我：“世界上只有一种英雄主义，就是看清生活的真相之后，依然热爱生活。”这个论断，既歌颂了出类拔萃的英雄，又安抚和激励了无数的平民大众。

罗曼·罗兰认定的英雄主义可以作无数的推演。

高大上的推演：

文天祥他清楚不接受劝降便会处斩，依然誓死不降。

黄继光他知道地堡的机枪能射穿胸膛，依然扑上去挡住枪口。

这些都是感天动地的英雄主义。

平凡的推演：

你明白自己疾病缠身，依然快乐地生活。

你理解衰老多么不便，依然笑对夕阳。

你观察到父母爱子女很难得到什么回报之后，依然深爱你的儿子丫头。

你明知你的作品挣不了钱、出不了名，依然口角噙香地咏诵推敲。

你知道爬这座山会累得趴下，依然哼着歌儿去攀登。

你晓得这项工作多么繁杂，依然高兴地接受下来。

你清楚原谅某人对你的伤害他不一定愧疚，之后依然豁达地原谅了他。

你懂得做义工又苦又累，还可能受气受辱，依然义无反顾地去做了义工。

你晓得守着小摊到深夜也守不来几个顾客，依然吹着口哨守着摊儿。

你知道秧插下去未必就能丰收，依然口唱山歌手插秧……

如果我们认同罗曼·罗兰的见解，平民的上述种种平凡行为都是英雄主义之举。其实毛主席的“六亿神州尽舜尧”“遍地英雄下夕烟”的诗句称颂的也是平民英雄。

灿烂星空，
谁是真的英雄，
平凡的人们给我最多感动。

（摘自李宗盛《真心英雄》）

2019 年 12 月 28 日

公约数

前言：2021年7月1日，习近平总书记号召全国人民要寻求“最大公约数”。一年前我曾草一文名《公约数》，应该翻出来改改。

偶然听到歌曲《同桌的你》，想起了小学的一位名叫陈自新的同桌。他成绩差，常挨手心。有一学期他老是弄不懂最大公约数，挨了好几顿板子。其实，公约数看似抽象，生活中也有类似的存在。下面聊聊，但聊的是常识，不是数学，近似数学。

A能被B除尽，A就含有B这个约数，又叫因数。因数，从字面到含义都类似于因素。人的组成有许多因素，如像志向、爱好、特长、经历、修为等等。类比数学不妨把人的因素也叫做人的因数或约数。人群的公约数就是两个及以上的人共同具有的因素：如共同的志向、共同的爱好、共同的特长、共同的经历等等。

找出一个群体的公约数，即共同因素，并发扬它，就会使群体充满活力。比如群体内人人都爱唱歌，那唱歌就是这个群体的公约数。就应当组织大家唱歌，共同享受歌唱的快乐和带来的亲近。我参加过合唱，当我沉浸在合唱队的歌声里，我会有一种不可名状的激动，仿佛我和伙伴们一起在天空神游，其乐无穷；甚至在一同冲锋陷阵，无所畏惧。

同样的感受，给了我们
同样的渴望，
同样的欢乐，给了我们
同一首歌。

（摘自《同一首歌》）

群体中只要有一个人——更不必说多人——不喜欢唱歌，那唱歌就不是这个团体的公约数。群体的最大公约数，就是群体内最多种类的共同因素。比如这个群体除唱歌外，还都爱读文艺小说，都爱运动，这个群体的最大公约数就有唱歌、读小说和运动三项。群体把最大公约数运行好、发挥好，就能使群体更团结、更和谐、更向上。公约数是群体的凝聚力，最大公约数就是群体最大的凝聚力。

“物以类聚，人以群分”，人需要融入团体。你想成为某个团体的一员，就得去找到该团体的公约数并设法具有这个公约数。如果那个公约数恰是你自己的弱项，为了合群，你就要培养它，强化它。这就是你对团体的贡献。如果你发现你和这个团体没有公约数，那就趁早离开，免得烦人烦己。所谓道不同不相为谋。

人是群居的动物。公约数是群体的内在联系，没有共同因素来维系，群体就会散架。小团体、小社会找到公约数相对容易；大团体、大社会找到公约数就难了。找到最大公约数难上加难。

全世界有70多亿人，不同的民族、不同的信仰、不同的价值观、不同的生活方式，能找到全人类的公约数吗？难！如果全人类一点共同的东西都没有，这世界能维系吗？这天下能太平吗？人类真的需要共同点，需要公约数。

把人的本性作为人类的公约数如何？孟子说，人之初，性本善；可荀子说，性本恶；王阳明还说，无善无恶，可善可恶。可见人的本性尚未达成一致认识。如果我们希望人类的公约数是善良，世人皆善，世界大同，再好不过；但是，世人皆善，何其难矣。退一步，能否找到既易行又良好的品性来做大家的公约数？也许有，那就是：不作恶。

2020年7月13日

后记：去年的旧文乃书斋之作，书生之见。天安门大庆典使我们明白了，全国人民的公约数当是：爱国爱党，民富国强。

2021年7月8日 补记

好人也有坏习惯

近日读到一篇网文，说美国人不爱戴口罩，人山人海的场合也不戴，我们笑他们这个习惯是找死。且慢，咱们华人有没有很坏的习惯？比如吃饭不用公筷就是。他们会不会也笑我们？想及此，觉得该写点什么。

人都有欲望和情感，免不了有他的个人爱好。天长日久，爱好就变成了习惯。纵好人也有坏习惯，如好这一口烟、贪这一杯酒、恋这一张牌等，此乃人间大遗憾。坏人的坏习惯，龌龊、邪恶，会弄脏我们的耳目，不写也罢。

我一介凡夫，有些习惯也不雅不良。两年前我的肚腹先感不适、后转疼痛，上吐下泻。住院检查，严重的幽门螺旋杆菌感染，免不了打针吃药。医生说，那是我家吃饭不用公筷的恶果。此后家中才开始启用公筷。小时候我不爱洗脚，还说什么“洗脚不如洗铺（被）盖，洗铺盖不如翻转盖”。至今我都很少单独洗脚，只是在洗澡时一并把脚搓搓。青年时期我还有个更坏的习惯，只要手有空就会去揉鼻头，尤其是看书时。脏手天天弄鼻使得我常患鼻窦炎，头痛难忍。鼻窦里化脓了，医生说得穿刺。用半支筷子那么粗的空心钢针，从鼻孔硬刺进鼻窦，放出一摊浓液。穿刺时要刺穿一层骨头，感觉头都被刺破了，痛彻心扉。好害怕医生失手刺进了我的大脑，吓得魂不附体！如此痛苦的穿刺，那些年我竟穿了一次、两次、三次。实在是忍受不了，才下决心改掉自己揉弄鼻头的恶习，才逃脱了再穿刺鼻腔的厄运。

我大嫂一家人有个特别的爱好，夏天喜欢吃酸稀饭。上午他们早早煮好一缸钵稀饭，每隔一段时间就用汤瓢去搅动稀饭，促使它快速变酸。我曾经去尝过一小口，“哇”的一声吐了出来，惹得他们哈哈大笑。可他们却吃得津津有味。

有个陈姓的好朋友，一有空闲便咬自己的手指甲。他从来不用指甲刀或剪刀剪指甲，就靠牙齿咬。他的指甲总是浅浅的，但指头永远被咬得白生生的，像长期在水里浸泡了一样。我盯着他的手，说也不是，笑也不好。

就连大人物也难免陋习。据说民国时期的四川大军阀邓锡侯有个习惯，喜欢吃餐厅的剩菜（俗称杂菜或闹龙宫），天天都派部下去大餐厅收集。想必他食用前经过高温加工，但那也说不上卫生。再如，“文革”中我看到过一张大字报，披露某元帅习惯坐在马桶上看武侠小说。在“革命大字报”栏前人人面孔冷峻，肃杀如冰霜。我却怎么也忍不住偷笑。

大千世界无奇不有，什么怪癖都见得着。揉鼻子、咬指甲、爱吃酸稀饭、爱吃剩菜，这些事总不能明令禁止吧？只要他们的这些习惯不狠毒，不邪恶，不伤害他人，不危及社会，我们也只能容忍，只能宽容吧。

朋友，虽说你的不良习惯不伤害他人，但会影响你的形象，影响你的身心健康。习惯成自然了，难改，我明白；山河易改，习惯难移，我理解。但是，自作孽，不可活啊。人非圣贤，孰能无癖？癖而能改，善莫大焉。

凡人皆有好（四声），
习惯成自然。
良性亲朋近，
陋习邻里嫌。
小性略理顺，
生活添新欢。
恶习痛洗革，
安康寿延年。

2021 年 11 月 1 日

最是羞色暖人间

人人都会害羞

几天前偕三五好友游古镇磁器口，当街吃油茶，引得路人张望，我有点不好意思。友人寄来那一刻的照片，说我“表情很害羞的样子”，真是八十老脸似纸薄。想起我八岁时，有一天大嫂对我说：“邻居张家请人来说媒，要把他家的张小妹嫁给你做媳妇。”羞得我满脸通红，转身就跑，还大声叫：“我不要媳妇，我不要！”是的，无论老少，人人都会害羞害臊。

害羞是人的本能吗？好像是，仔细一想，又不全是。婴儿和痴呆病人，都有感知疼痛的本能，但不会害羞。世上还真有不知羞耻的人，他们为非作歹，无耻无羞。所以说，害羞是人们意识上的一种行为，虽然有时是下意识的。

有羞字的词汇数以百计，羞的形态多样，程度有深有浅。仔细想来，可以分为两大类：轻度羞，如羞涩、羞怯；重度羞，如羞耻、羞辱。

羞涩、羞怯

一个人做了一件什么事，或者遇到一件什么事自己会感到难为情时，他会脸红，眼睛半开半闭，四肢身体显得柔软、退缩，我们把这叫作害羞。

比如，我小娃娃时，毫无娶媳妇的意识，又模模糊糊知道一点男女什么的不宜宣扬，所以听到娶媳妇之事令我很难为情，害羞。

又如，一个人冲口而出说句脏话，或不经意间言行伤及他人，也会羞。

再如，同样条件下，一个人干出的成绩不如他人，也会感觉羞。

上述种种羞，程度轻微自己可以忍受，也不妨碍他人。我们常用羞涩、羞怯、害臊等温和的词汇来形容。就像陆游诗句：不待人嘲我自羞。

羞辱、羞耻

当一个人受到严重的人身攻击，当他钟爱的事业或亲人遭受凌辱时，他会感到羞辱。这种凌辱令他抬不起头，无脸见人，他这种感觉叫羞耻或羞愧。当他的身家性命遭受摧残，当他的国家民族遭受蹂躏时，他会恼羞成怒。

羞辱、羞耻是严重的，有时是忍无可忍的。亦如陆游诗句：

龊龊生死真吾羞。

识羞心向善

如果一个人感觉不如别人而产生不满甚至忌恨，从而打算用言行伤害别人，这不是羞耻而是嫉妒，嫉妒产生恶。感觉自己不如别人，从而羞耻，责备自己不够努力，激励自己奋力赶上去。这是知耻而后勇，识羞心向善。

羞怯怯，羞答答，总是招人怜惜。羞，给人间带来的是温情，是愉悦。害羞没有攻击性，甚至能阻止自己的莽撞和狂妄。人人识羞愧，个个知羞耻，世上就不会有无法无天之人。正是：

常言知耻而后勇，
且说识羞心向善。
答答怯怯颊飞红，
最是羞色暖人间。

2020 年 1 月 20 日

跟自己讲和

我的人际关系还好，没有死对头，老有所慰。唯有一个活冤家是自家，老有自虐。

青壮年时我处逆境，滋生了逆反心理。幸亏我爱读书，懂得了自省自律，所以我不反他人，不反社会，只忤逆自己：悔恨过往，不满当下和苛求未来，总爱跟自己过不去。

悔恨过往

十三岁逢土改，老娘和我净身出户。泱泱世界，幼无所依，幼无所恃，沿街叫卖缝衣针来养活自己，养活老娘。苦儿求生好难，也好恨自个儿投胎在地主家。青年时出色出众，却挨批判，受处分，坠入地狱。更恨出身不好这条根。有时候恨自己恨到捶胸顿足，抓发掐股，深夜里躲到荒郊野地大嚎大哭。

改革开放后不再计较家庭成分了，我也不再为自己的出身而悔恨，但还是跟自己过不去。比如我后悔年轻时为什么不专攻一门学问，到头来门门懂，样样瘟。悔恨似千蜂蜇面，如万虫啄心，既羞人又伤神，好几次恨不得灭了自己。

不满当下

处逆境时自然不满现状，处顺境我也时常对现状不满。

老家儿童团演出队，跳舞我是男一号，可老学不会扭脖子，气得我把自己的颈项都拍肿过。高中学俄语成绩优异，性、数、格都难不倒我，可弹音老发不好，恨得想咬掉自个儿的舌头。上世纪八十年代，阴差阳错当上英语教研组长，读、写尚佳，听、说木讷，真个没脸没皮。九十年代企业中马虎惯了的员工不少，产品质量很难做到精益求精，令我唇焦口燥呼不得。子女未成大器，子不教，父之过，归来依杖自叹息。

这山望着那山高，不满当下，到手的成功也会被自己贬损，到手的幸福也会被自己辱没。

苛求未来

未来美好，人人朝思暮想，《我的未来不是梦》那歌好令人神往。可我的未来被我的高要求、高标准压得喘不过气。

小时候读武侠小说入迷，看到谁会十八般武艺，我就发狠要学会十九般武艺。少年时读到有大师会八国文字，我就发誓长大要会九国语言。高中时人家渴望升北大清华，我却昏想保送留苏（那时没有留美、留欧之说）。人说《红楼梦》里写了六百多位人物，《战争与和平》写了八百多位，我赌自己的传世之作人物上千。某年年度世界500强之首的通用电气老大伊斯梅尔来我国央视作客，我有幸和他同台做嘉宾。我竟苛求自己的企业哪天赶上通用电器。我过度奢望的未来，从未成真，一直是梦，压得自己喘不过气。

跟自己讲和

不放过自己的人，下场很惨：败，自个儿苦；成，自个儿也苦。这是何苦?

世上本无敌人，斗自家何苦?世上本无完人，责自家何苦?何苦——!

改革开放后社会宽松，慢慢抚平了我的创伤，渐渐平息了我的戾气。我开始放过自己，不再悔恨自己的过往。

覆水难收，江流不回，过去的就让它过去。不再嫌弃自己的当下，少挑刺多观花，回头发现自个儿还真不差。不再苛求自己的未来，人生路上有太多的不可抗力，自己尽了力就行。我慢慢跟自己讲和，虽说晚了些，慢了点，内心世界终归风轻云淡。跟自己讲和后居然日久生情了，好有趣!

人都有跟自己过不去的时候，或你或他，或短或长。朋友，你也跟自己讲和吧。与自己和睦相处，和蔼可亲多好!跟自己和衷共济，和风丽日多美!

2020年元旦

两个减法

——天孽减法和人违减法

小学一年级我们就学会了减法。其实，上学前父母就开始教我了，比如：“尹老九，碗里四个汤圆，你吃了一个，还剩几个？”

人世间最严酷的减法是人的寿命，人的时间。活一天就少一天，过一年就少一年。无论你怎样努力都无法阻止。凡人无法，超人也无法，秦皇汉武，唐宗宋祖，一代天骄成吉思汗都没办法。我们把这个老天作孽的减法叫作天孽减法。

有趣的是，这个天孽减法，小学没教，中学没学，几乎所有人在青年、壮年时期都明明知道还不把它放在心上。我是七十五岁以后才明白这个事实，才认清这个减法。我一生最傻、最傻、最傻的错误就是忘了我会变老，以致我对天孽减法未作任何防范。

我是个不安分的人。当我知道了这个天孽减法之后，总是在想，能不能找到一个方法，减轻天孽减法给自己造成的影响和伤害？老天作孽人是可以违背的。寻寻觅觅，我似乎找到了，有趣的是它也是一个减法。

苏联电影《战争与和平》是根据托尔斯泰同名小说改编，获得过奥斯卡最佳外语片奖。由苏联的金牌编剧、导演、演员谢尔盖·邦达尔丘克执导并主演。长长的四集，描绘了拿破仑入侵俄罗斯的宏大战争场面，描写了十九世纪初俄罗斯的贵族生活以及当时的各种思潮。

主人公安德烈公爵对他的好友彼埃尔说："人生只有两桩不幸，一是受自己良心责备，二是生病，没有这两桩，就是幸福。"这话令我震惊！在我看来，人生的不幸太多、太多、太多：丧亲、贫穷、卑贱、饥饿、受冻、孤独、失学、失恋、失业、屈辱、打骂、奴役、牢狱、抢劫、战乱、灾难、死亡等等，怎么只有两桩？

我想，大概是因为安德烈是贵族公爵，父亲还当过俄罗斯陆军总司令。这样的身世让他从未体验过贫穷、饥寒、卑贱等等，他的不幸当然比一般人少了很多。就像贾宝玉的不幸比贾府用人少了许多一样。

进而想，我的揣测似有不妥。安德烈善良、正直、勇敢，富有同情心，富有贵族精神，而且还遭遇过许多不幸。他当长官善待士兵，深知士兵之苦。他勇敢杀敌，身先士卒，受过重伤，也明了战争伤亡之痛。他虽身为贵族却体谅奴仆，也应该知道奴仆们的种种不幸。安德烈怎能忽视人间的多种不幸？

他是在和好友彼埃尔林中散步时谈论人生说的这番话。这是他的心底声音，是他经历过沧桑苦痛之后的人生总结，而不是为了安慰谁、敷衍谁而说的违心话。

在安德烈看来，许多不幸是可以被忘却、被忽略的，可以减少的。我认可他的观点。一方面人类的奋斗、社会的发展，可以消除许多灾难，如饥寒、失学、失业、不公、战乱等等。另一方面人们自身认识升华，看透不幸，看淡不幸，把不幸带来的伤害减到最小。

请看！令人恐惧的传染病天花（我儿时患过），已经被科学家消灭了。几千年为害中国人的饥饿（死了多少同胞！）在党和政府领导下也根除了。我这一生，经过奋斗，也避免了贫穷和夭折。天孽减法使我的寿命一天天缩短，承受着衰老带来的物质和精神两方面的痛苦，由此而造成的伤害我也可以用减法去减少或消除：

消化不良，少吃点；
行动气喘，走慢点；
失眠焦虑，睡短一点；
久看眼花，掩卷停读；
挣钱少了，缩小开支；
唱不上高音，音起低点；
诗背不全了，不背也罢；
人嫌我老，我不争春；
人笑我痴，少欲则刚；
……

减减，少少，慢慢，低低，淡淡，停停，像这样做减法就能减轻岁月流逝带来的伤害。我们且把它称为人违减法。

天孽减法令我们减少寿命，产生许多烦恼、忧愁、悲伤、痛苦……，我们用人违减法，把这些烦恼、忧愁、悲伤、痛苦减少。

为什么取名“天孽减法”和“人违减法”？

古语云：

> 天作孽，犹可违；
> 自作孽，不可活。

2019年5月28日初稿

2022年2月20日二稿

善良
——老人的最后奉献

当你老了，
走不动了，
炉火旁打盹，
回忆青春。

——歌曲《当你老了》

老了，老了。体力、智力和影响力日渐衰退，我们还能做点什么？我们还有点用吗？暮沉沉，路漫漫，吾正在打盹中求索。

是的，我们不能够做什么了，但是，我们却能够不做什么。不怨，不责，不吵，不闹，不愠，不怒，不欲，不求……不做不良之事，就是我们老人的善良。

善待自己

对我们的过去，不责，不悔。无论过去有过什么不堪，都不苛责，不后悔。苛责、后悔是百病不治的药——毒药。

对自己的未来，不欲，不求。要明白自己越来越无能，就不要对家人、对社会寄予厚望。他们对我们好，我们欣慰；不怎么好甚至不好，泰然处之。不欲则宁，不求则安。

对自己的当下，不怨，不悲。这里痛、那里痒，忍了。世上哪有跑了七八十年的汽车不出毛病的？牙齿嚼不动了，耳不聪了，目不明了，起居要人照顾了……真是老还小返回到婴儿时期了，那我们就比婴儿更乖些，不啼，不嚎，不吵，不闹。

还得善待家人

老伴名叫伴，伴者，陪同也，不是服务员，更不是出气筒。风雨同行多年，互敬互爱，莫吵莫怪。

儿女是养来爱的，不是养来防老的。要求儿女回报，那不成了存钱取款？那不是和儿女做交易？果如此，世上还有什么伟大的父爱、母爱？可怜天下父母心，为父为母常怀可怜之心，你会觉得儿女更可爱。

善待社会

辛苦一生，我们有功劳有苦劳。但是，你可知道，你一生消耗了多少吨粮食？你一生有多少教师教你识字、计算、解惑、做人？你一生有多少人为你开车、驶船、驾飞机？你一生有多少医生、护士为你治病、护理？有多少人供你衣食住行？有多少人供你吃喝玩乐？我们感恩这个人人为我、我为人人、呵护老人、善待老人的文明社会。不搬弄亲朋的是非，不妄议家国的宽严，我们无力为社会做好事了，那就不做不好的事。

善良是老人对社会的最后奉献，社会需要两亿多老人的善良。记住：老人要善良，关键是守住一个“不”字。不能做什么了，就不做什么。不怨，不责，不吵，不闹，不……

老来无为有何妨，
却道心田存善良。
不欲不嗔不添乱，
暮霭冉冉泛穹苍。

2021年8月28日

疫情本多事，何苦自扰之？
——避疫二三事

（补记：本文写于2020年2月13日，新冠肺炎袭来，武汉封城还不到一个月，全国都处于高度戒备状态。当时重庆怎么样了？幸而那时写了这几段文字，可管窥一二。）

病毒来势汹涌，我等无奈，避在家里。惹不起总躲得起。

一连下了几天雨，阴阴湿湿，郁郁闷闷。一日放晴，阳光灿烂，春光明媚。我和家人商量："咱们开车到外面去晒晒太阳。如何？"

"好哇！去哪里？"

"人少，甚至没人的地方，比如广阳坝。"

"要得，走！"

转念一想，空气中、地面上可能残存有病毒，猛地兴趣全无，打消了出去的念头。活下去可以晒好多好多太阳，算了！

一日午餐时，家人提议："十来天饮食少变化，晚餐我去买麦当劳来吃，换个胃口。好不好？”

“好呀！”我说，“麦当劳店开门吗？”

“开呢。外卖可以，不能在店里进食。”

沉思少顷，我说：“还是不去吧。出门难免接触人。疫情过去了，我们再去换口味。”平生第一次吃麦当劳，是五十岁上下吧。前五十年没吃过麦当劳，人也活得好好的。

我的一个音响不响了，家人修了修，一会儿昂（念一声，川人把响说成昂），一会儿哑。他说：“等会儿我去请物管的电工来修修。”

“不方便吧？”

“我请他戴着口罩来。”

想到病毒无孔不入，生人造访，我胆怯了。便说：“这个电器十天半月不用也没啥。”二十八岁我才买了平生第一件家用电器——手电筒。结婚了，在背街陋巷租了间九平方米的小屋，巷内没有路灯。爱妻上夜班时，我送她用那款电器照路。当下，家中电器多到不知几许。音响，不听也罢，还可用手机 Wi-Fi 连听筒代替嘛。家人同意了。他想，反正在家待着也没啥事，自个儿慢慢修。嘿，终于修好了。我反反复复听《春天的故事》。

平时，我半个月理一次发。腊月二十八理了过年，到今天有 22 天没理了。怎么办？家人说：“我们是田师傅（理发师）多年的老主顾，请他关着门悄悄帮我们理，给他四倍五倍的工钱，可能他会干。”

“那违反规定啊，不能害了他！”我说。

“那就去买个电推子，我来学剃头。”

“算了。长发飘飘也风流！”1952 年初中第一学期，整整一学期我没钱剃头，还以长为荣呢。临放寒假前一夜，同班徐秉德向我铺盖窝里塞进（相当于现币的）一角钱：“明天你去剃个头。”那时剃头只需（折合现币）七分钱。我莫名地泪流不止，流了五分多钟吧，不止！不止！

读“君子以俭德辟难”(《周易》)，才知古人避难亦从俭。疫情本多事，何苦自扰之？避疫避毒，从俭从简。唐朝李适诗云：“恭己每从俭，清心常保真。”随着生活的提高，我们都不同程度地奢侈了，心难清了，情难真了。我常有愧意，想还俭、还简，可好难！好难！上苍看我们还俭之志不坚，对我们不客气了。

由俭入奢易，
从奢还俭难。
上苍不纵人，
疫情逼我还。

2020 年 2 月 13 日

蜗牛啊，为什么你不窝着？

2020 年 3 月 23 日，清早下了几滴雨，阳台地板雨渍斑驳，空气清爽了许多。雨停后，我踏着点点雨渍在阳台上漫步，猛见地板上趴着十几只小蜗牛。我替它们担心：待会儿大太阳出来了，你们能够爬回家去吗？

我老家的乡亲以为田螺和蜗牛是一家。也许是因为它们都能够把全身龟缩进硬壳里，所以把水田里的田螺叫做螺蛳，把蜗牛叫作干螺蛳——干坡上而不是水里的螺蛳。我们小孩有时候围着一两个山螺蛳群唱：

山螺蛳，
请出来，
有人偷你的青杠柴。

就这么个艺术含量不高的童谣，我们会不知疲倦、不厌其烦地反复唱他个十几二十遍。也许是清纯的童声合唱感染着我们自己，也许是那于人无害的小巧的山螺蛳惹人怜爱。

十点过，我散步时间到，又去了阳台。太阳热辣辣的了，几个蜗牛奋力向栽着花草的土墩爬去。虽说路不过一米，土墩高不过一尺，但它们午前肯定爬不回去了。阳台木地板无土无荫，上晒下烤蜗牛会不会被晒死？有两个小蜗牛干脆把身体缩进蜗壳里，似乎打算不爬回去了。你们薄薄的蜗壳抗不抗得了初夏的烈日？

室内温度18℃，阳光下室外30℃了吧。我的背心厚了点，热得我只好解开全部扣子。估计小蜗牛也受不了啦。我由担心而着急，很不客气地问这些小蜗牛：你们为什么不窝在家里？你们集体跑出来干吗？来聚会？来跳坝坝舞？难道真有人在偷你们的青杠柴？

看着它们在大太阳下似动非动地蠕爬，我心头毛焦火辣的。“把它们送回土墩草丛中去吧。”我劝自己。虽说年纪大了，我下蹲起身都吃力，但不帮它们挪挪位真对不起“人”。当我触到第一只蜗牛时，我的手指像触电一样弹了回来。我有二十多年没有触摸小昆虫了吧？不，三十、四十多年了。蜗壳太小、直径不到一厘米，我的手指免不了触到它的肉体。那湿漉漉、滑腻腻的感觉，令我很不习惯，很不舒服。我迅速把它投入土墩上草丛下的泥土中，如释重负。轻轻的小蜗牛也有生命之重。

我换了六七个地儿，困难地做了六七次下蹲和起身，把分散的十五个山螺蛳移动到阴凉的泥土上，心头掠过一丝丝快意。有个小蜗牛跌进木板缝里去了，我没法把它掏出来，心头微微一颤。

都说天生万物，各得其所；泥虫蚂蚁，居有定处。蜗牛啊，为什么你不窝在家里？

后记：这是我和十几只蜗牛真实的际遇。

2020 年 3 月 26 日 疫情中蜗居时

汽笛声声

今天，2020年4月4日。为哀悼新冠肺炎死难的同胞，十点整，全国的汽笛齐声悲鸣，大放悲声，历时三分钟。想起了疫情中去世的同班胡长贵，想起了去世的众多同胞，不禁悲从中来。笛声在耳，既贴近，又遥远。好多年没听见汽笛了，汽笛声声的一些往事浮上心头。

1946年，我八岁时，母亲去看我四舅，带我去长江边的镇安场，我才第一次听见汽笛声，那是江上洋船的叫声。声音如此洪亮，穿透遥远，惊怵了我这个小儿。四舅告诉我，那是洋船在拉“卫时”。那时人们只说“卫时”，没有人说那叫汽笛。后来长大了，才知道“卫时”是汽笛英文whistle的译音。

二十世纪五十年代，我念重庆一中，地处沙坪坝区汉渝路。周围有多家工厂，如重棉一厂、二厂，西南制药厂，塑料厂等等。他们上班、下班、吃饭、集会都常常拉响汽笛。每天我们会听到很多汽笛声，习惯了它，甚至喜欢它，因为它是工业化的象征。记得初中音乐课还教过一首歌《迎接社会主义的春天》：

烟囱的浓烟划破了蓝天，
汽笛的长鸣报告着时间，
为了幸福的明天，
我们战斗在车间……

1957 年夏季我回老家度暑假。开学前两天，8 月 30 日，我步行六十里去长江边洛碛镇乘船回重庆赶开学。同行的有胡翠兰、胡翠林两姐妹，她俩也是一中同学。我们清晨五点多就动身，中午十二点赶到了洛碛镇的囤船上。囤船是班轮停靠、乘客上下船的地方。所有等待上船的乘客都非常关心班轮的汽笛声。它叫两声“呜——呜——”，就表示要靠囤船接客人。它只叫一声“呜——”，就表示已经客满，不接客人，便扬长而去。

下午一点钟，班轮来了。从远远看见它那时起，囤船上一切谈话都停止了，都静静地等候它的汽笛声。焦急等了十来分钟，我的心脏都快跳出嗓子眼了！

“呜——”，一声？求你再叫一声！可它不叫了，它不搭理我们，无视我们的企求，我好难过，好生气，六十里跋山涉水白跑了。我心急如焚，要是明天汽笛又只叫一声，我们就赶不上开学了！看来，为了不误开学，我们今天还得再走六十里赶到木洞去。木洞有始发的班轮，能确保赶上船。胡家两姐妹也无奈地同意了。

那一天我们走了一百二十里，深夜十点才住进木洞的栈房，累得皮奋嘴歪的。路上没带电筒火把，又逢月黑头，沿江行走，好几次都差点掉进长江里。那以后，我一生中梦见了多次等船，每次都只有一声汽笛。“一声汽笛”的噩梦缠了我半辈子。

平生印象最深刻的汽笛声是 1953 年 3 月 9 日下午，北京召开六十万人的斯大林追悼大会。重庆市沙坪坝区数万名大中学生集中在第三中学运动场，用收听广播方式开追悼会。下午五时整（莫斯科时间中午十二点整），斯大林下葬，全中国的工厂、轮船、火车汽笛长鸣五分钟，以表哀悼。众多学生两点就进场，站了近三个小时（不准坐下），疲惫不堪。那天的汽笛声不知比今天大了多少倍，震耳欲聋。全场师生立正低头，我默哀时莫名地浑身颤抖，强撑着不让自己倒下。那天，在我身旁倒下的就有十几个学生。笛声扰乱了我，世界革命领袖去世了，朝鲜停战谈判还能继续吗？第三次世界大战会不会爆发？

五十年代末工厂取消汽笛了，但轮船火车还有。由于轮船火车的蒸汽机都换成了内燃机，蒸汽发声换成空气，汽笛声柔和多了。当下城市的汽笛声都来自人防指挥部，没有过去那么凄厉。但纪念九一八、南京大屠杀的汽笛声也令人八分肃然、二分凄然。

人间汽笛声越来越少了。一百年后，还会汽笛声声吗？一千年后呢？

2020 年 4 月 4 日

来日无多与来日方长

生命是有限的，过一天就少一天。描述来日，一些人说“来日无多”，另一些人反而说“来日方长”。有趣！

一段时间的长短，客观上它是固定不变的。比如，一个小时有多长？专家们把地球自转一周所需的时间定为二十四小时。一个小时就是地球自转一周所需时间的二十四分之一。普通人当然没有办法去测地球自转，可是钟表和众多时间显示器，如手机，使我们知时刻晓长短。一小时就那么长，固定不变，过去、现在和未来都那么长。但是，主观上有人说一小时短，有人说一小时长。人的主观认识变化不定，变化难测，所以才有了来日无多和来日方长的不同说法。

不同的人对来日有不同的说法。一般地说，老年人常说来日无多，少年和青年常说来日方长。对未来失望的人说来日无多，对未来充满期待的人说来日方长。

同一个人因不同的心境对来日说法也会不同。1958 年我挨批判受处分，认定自己没有前途，活一天都难挨，岂能盼来日多多？1963年，我在厂办农场强制劳动，相信冤案能昭雪，上坡下田不觉劳累，反而享受那田野芬芳，鼓舞我的是来日方长。

倒过来，相信来日无多，你会伤感，本来不差的日子你会过得苦涩。你会吟诵“凄凄惨惨戚戚”。相信来日方长，你会振奋，蹉跎岁月你会过成锦瑟年华。你会高唱：“山丹丹开花红艳艳！”

当前我国出生率逐年降低，严重威胁着经济的发展，甚至民族的复兴。我读过苏联作家爱伦堡的作品《欧洲的毁灭》。该书预言性地描写了出生率降低导致了欧洲毁灭。一个人的来日不仅仅是他自身的来日，还有他下一代的来日，因为下一代是他生命的延续。寄期望于来日的人，他会生育子女使生命代代延绵。对未来不抱希望的人，他会少生甚至不生子女。可见，对来日的认识会影响人类的出生率。

时间的深度好过时间的长度，生活的质量比数量更精彩，一天的灿烂胜过一年的平淡。我们老人该怎样来对待不多的来日？恩格斯说：“一天等于二十年。”我们换个角度来理解。可不可以认定未来的一天长过逝去的二十年？未来的一日好过逝去的一万天？晚霞绚丽不逊晨曦，山河亮靓，男女骄娇，且好好享受当下和未来。少叨叨来日无多，多唱唱来日方长。

前程何必数天天，
未来可期日日甜。

“来日无多”声声慢，

“来日方长”山丹丹。

2019 年 7 月 21 日初稿

2022 年 2 月 3 日 二稿

事不过三

第一次听说“事不过三”，是 1947 年我念小学五年级时，语文老师夏家实先生讲的。夏先生常常在课堂上讲一些课堂外的趣事。

有一天，他说，有个大作家叫老舍，写了本书叫《老张的哲学》。老张这个人做什么都事不过三。就连洗澡，一辈子也只洗三次：出生，婚前和死后。太滑稽了，我就牢牢记住了。

随着年龄的增长，知道了更多关于事不过三的现象或知识。例一，两个人有个专有称呼词曰“俩”，三个人曰“仨”，四个人及以上就没专门的词了。为什么？事不过三嘛。例二，运动会上发奖章只发前三名：金牌、银牌、铜牌。第四、第五不发奖。例三，多数人都相信“富不过三代”。例四……过三了，打住。

我们初中学习平面几何时，学了三点定圆。确定一个圆，三（个不在同一直线上的）点就足够了，第四、第五点……，都是多余的，可有可无的。高中学立体几何，又学了三点定（平）面。类似三点定圆，第四、第五点……，都是多余的，可有可无的。

事不过三，前面说了常识的、文字的、数学的现象。我国传统哲学讲什么天、地、人，说什么这个世界都是，而且也只是这三种元素构成的。成功学也讲究天时、地利、人和，超不过这三样了。

其实，“事不过三”是缘于人们的感觉、记忆、习惯、经验等生活实践积累形成的一种观念。我给家人和员工提什么要求，一次不超过三项，多了他们分不清轻重缓急，不仅记不住多项，甚至其中的三项都记不住。纵然他们面子上不顶我，心里也会嘀咕：“烦！”我给长辈、上级提请求，也不超过三项，多了他们会不高兴，即使口里不说，心头也会骂我：“贪！”我读别人的文章、听别人的演讲，他讲述或论证某事物提出的论据论点，提出的建议要求，凡是超过三点、三项或三条的，我会下意识地质疑：先生，您，您，您连事不过三都不知道？

朋友，第四呀、第五呀……往往是多余的，可有可无的，你作文、说话、行事时，切记事不过三。

2020 年 6 月 14 日

诗路三步

我喜欢诗，喜欢读、喜欢写，可惜师承无人，自学不深，终与诗歌无缘，一生大憾。亮一亮自家写诗的诗路历程，哭笑不得。

第一步，格律诗

最初想写格律诗，俨然旧学老童生一个，平仄对仗都不及格。如：

生日答亲友

一梦八十老还童，
牛棚马仗皆成空。
犹记双亲纵幼儿，
不忘众友贺老翁。
能歌能游口能饭，

未秃未偻骨未松。
叩求天蓝浮云白，
拜祈民安天下同。

2017 年生日当天

注：

牛棚，喻牛鬼蛇神的日子。

马仗，车马器仗，喻富裕悠游的生活。

登岳阳楼

2017 年 10 月 24 日，约数好友登岳阳楼游洞庭湖。睹湖当下之荒芜萎缩，未守祖业；念余早年之忧乐失序，忘记古训。伤感不已，写八句，记之。

早岁已知岳阳楼，
今朝来登已白头。
先忧身无剑三尺，
后乐宅剩米五斗。
粗布粗粮因物喜，
多舛多磨为己愁。
余心不古直堪谪，
委顿洞庭八百否？

第二步，五言古诗

后来觉得五言古诗近似白话，如杜甫的《石壕吏》，容易写。尝试着写了些。如：

生日何所欢

生日何所欢？
八十有三年。
指灵弄手机，
齿坚尚能饭。
意生随笔涂，
兴至鸣琴弹。
苦读上名校，
勤耕创力帆。
粗通数理化，
铭记礼义廉。
庙堂忝末位，
江湖历凶险。
朋友遍天下，
儿孙绕膝前。
思辨有诤友，
行旅不孤单。

白头淡毁誉，

暮年求康安。

写于 2020 年母难日

第三步，口语体

当今流行的口语体诗歌，我也喜欢。它更自由，更时尚，也含蓄，尽管难以不朽。近来手痒，诌几首，算描红。

红

玫瑰好火红。

猛想起，

有些梦没做，

有些话没说。

于是唱，

花儿为什么这样红？

2020 年 4 月 12 日

打伞

烈日当空

想给你打伞，
心抖了。
偷偷用伞遮你的影子，
脸红了。

2020年4月28日

电梯

我爬楼梯时
人说，
为什么不搭电梯?
站着等了半天
人说，
坏了，这部电梯!
惊醒，
梦里也难升级。

2020年4月29日

献给肖斯塔科维奇

想说又说不清的
你用旋律；

想说又不敢说的

你还是用旋律。

注：

苏联最伟大的作曲家肖氏说，他随时都害怕被拉出去枪毙。

笔者思忖：

三步路，

四不像。

一定要像？

2020 年 4 月 29 日

绿豆、黄豆、胡豆

——说说极端

分别几年的一位朋友来电说，他到了重庆，希望我去宾馆一晤。他是著名的养生专家，还常陪一些大人物打网球。

一番热情的寒暄后他郑重地对我说："我今年满七十了。养生学上有个说法，满七十了口里还有十八颗牙就算健康。我还有二十颗。老哥你大我几岁吧？牙怎么样？"

"不好意思，我痴长你一轮（十二岁）。牙齿还是原装。"我回答。

"老天待你真好！"

是的，老天待我不薄。初中同班中，要好的老温、老许和我结伴同游凤凰。老温念大学和工作一直在北方，五十多年未相聚。他牙掉光了，配了假牙。路上听说老许和我牙齿都是原装，他大为惊讶。几次三番问老许和我是不是哄他，还要老许和我张口让他检查。老温说："你两位是不是刷牙时挤很多牙膏？"老许回答："挤牙膏有绿豆大、黄豆大和胡豆大三种挤法。我早晚刷牙，挤黄豆大那么一粒，清洁消毒都足够了。”

像挤牙膏的多少一样，生活消费，大致也分三类：节俭的、奢俭参半的和奢侈的。我前半生贫穷，被迫节俭。后半生生活改善了，不俭不奢，奢俭参半。

我不愿生活过得紧巴巴的，不想刻薄自己。但我佩服那些节俭的人。“一粥一饭，当思来处不易；半丝半缕，恒念物力维艰。”节俭确是好习惯。尤其佩服那些家财万贯了，依然节俭度日的人。但是，过分的节俭就成了吝啬，也叫人受不了。比如《儒林外史》中严监生因油灯里燃着两根灯草，他就咽不下最后一口气。拨灭一根灯草后他才走了，可笑。又如《白鹿原》中田小娥父亲的舔碗，顿顿舔饭碗，恶心。

我也不喜欢奢侈，不想放纵自己。比如，影视作品中角色浴缸洗浴，泡沫满缸，我不以为然。抽千元雪茄，喝万元红酒，拎十万元提包，戴百万元的手表，暴殄天物，我会摇头。有朋友笑我老土，说高消费扶植市场，有利于经济发展。但是，有六亿同胞月收入就 1000 元啊！

吝啬和奢侈是生活的两个极端，还是居中的奢俭参半好，不亏自己，不负自然。其实，为人处世也应当避免走极端。

当前热闹的地摊经济，我也期望政策不过宽不过严。如果地摊食品不卫生，戕害顾客，不能视而不见。一旦发现，应当严惩。当下，疫情影响就业，摆地摊千百年来都是人类自救的好路子，政策要强调放宽。不能因噎废食，怕个别人作恶就关了众多地摊：掰他们的秤杆，掀他们的摊子，没收他们的货物，断他们的生路。这个极端更应该停止，让百姓摆摊吧！

巧的是，一个人的观念态度可以从他的细小习惯窥见。反之亦然，一个人的细小习惯也会影响他的态度观念。我早晚挤牙膏时，都是黄豆般大小，既不小若绿豆，也不大若胡豆。习惯有意或无意中暗示我行事中和，不走极端。朋友，你挤牙膏大小若绿豆、黄豆、还是胡豆?

2020 年 6 月 3 日

一分耕耘，一厘收获

老来学弹钢琴，练习多，进步小，一分耕耘，一厘收获。

钢琴提琴是需要童子功的，岂有老人可以学哉？几无长进，有好多次都想甩手不学了。因喜爱它才坚持了一年多，也能弹一些简单的曲子，虽说结结巴巴。识琴谱能力也有提高，尽管有时要数数格子。一分耕耘，总还有一厘收获。

读小学时就记住了“一分耕耘，一分收获”这句格言。儿童少年时都信以为真，不知多少次用来鼓舞自己，激励他人。暮年醒悟，“一分耕耘，一分收获”乃言过其实，夸大其词。看看脸朝黄土背朝天的农民，一分耕耘有几许收成？民国时期的四川民歌唱他们“苞谷馍馍胀死人，要想吃干饭万不能”。再看城里劳作的工人，早九晚五，且不谈什么“996”[1]，又有多少收获？田汉词、聂耳曲（绝配！）的歌剧《码头工人歌》：“眼睛都迷糊了，骨头架子都要散了。…… 为了两顿吃不饱的饭，搬啦！搬啦！”再说白领，当年三更灯火五更鸡，正是男儿读书时，汗洒作业，泪滴考卷，到头来难免学贷、车贷、房贷，成为负债一族。哪来什么一分耕耘，一分收获？

为什么多劳少获？我想有三大障碍：一、技术不优（或者不熟、不精、不当）；二、分配不公；三、漠然忍受。

三大障碍容易排除吗？难于上青天。障碍存在几千年了，多少志士仁人为了进步，为了公平，为了实现“一分耕耘，一分收获”，奋斗了几百上千年。收获倒是逐渐增多了，但到今天一分耕耘也难有一分收获。此乃千岁之忧，不是百年人生所能够改变。我们能等到“一分耕耘，一分收获”那一天吗？不必期待，不必埋怨，“与前世而皆然兮，吾又何怨乎今之人”。就坦然接受这“一分耕耘，一厘收获”的现实吧。

不真实的格言太多，但也有真真实实的，如“尽人事，听天命”。因此，我们的成就观就应当调整：

竭力一分耕耘，
笑对一厘收获。

想起了二十世纪四十年代我上小学时唱的歌儿《农家乐》，当年农民所获不多，有时他们也那么快乐。

农家乐啊，
就是谋求多。
卖了蚕丝打了禾，
纳罢田租完尽课。
阖家团团瓜棚坐，

闲对风月笑呵呵。

农家乐，农家乐，

真快乐！

注：

[1]“996”指早上9点上班，晚上9点下班，每周工作6天。

后记：坚持学琴，不图名利，只因爱好，只因音乐有魅力。你看，写一篇几百字的短文，谈谈常识，竟一连想起了儿时唱的三首歌。超然物外，招之即来，音乐好亲近。

2020年3月6日

杂七杂八

阳台的玫瑰又开花了。

四月初她们开过一季，凋谢后又萌新苞，吐新蕊，今年二度开放。据说，原生的玫瑰一年只开一季，阳台的玫瑰是从园林公司购进的杂交玫瑰，说一年会开四五季。在台北我参观过有名的玫瑰园，那里的玫瑰是草本植物，高一米稍多。杂交玫瑰是一株一株的木本玫瑰树，高两三米，树干直径六七厘米。一年花开多季，花朵又大又艳，杂交真棒！

1952年我上初中，植物课上老师讲到苏联园艺家米丘林和他的杂交梨苹果，兼有梨子和苹果的优点。后来，袁隆平的杂交水稻高产，实现了《解放区哟好地方》歌中所唱的“万担谷子进满仓”。

回忆漫长的一生，我经历过无数的杂七杂八。第一次听说“杂”这个字，大概只有两三岁。母亲常带我去街上汪幺娘开的面馆，吃炸酱面。巴蜀人把肉臊子面叫炸酱面，不像北京人的炸酱面只放点大酱。巴蜀炸酱面的臊子是油煎油泡的碎码肉，拌有少量的榨菜即可。那面搅拌混匀后好嚼好吃，从小爱到老。

有一道特别好吃的菜叫“杂菜”。筵席的剩菜汇在一起，下锅煮开。我吃过，五味杂陈，特鲜特鲜。过去，重庆的一些餐厅把剩菜汇在一起，出售时取名“闹龙宫”。1951 年在两路口的南区马路口，我看见几家餐厅摆摊卖闹龙宫，五百元（旧币，等值现币五分，当时可买一碗小面）一瓢。买者多是穷苦人家。运气好，一瓢里有一只鸡腿或半个蹄髈。传说川军起义将领邓锡侯，做过一任民国四川省省长，最好杂菜这一口。

乡场的斋铺（糖果店）卖一种杂糖，是民国时期亲戚邻里相互送礼的常选。包装成屋顶形，外面贴上一张红纸，鲜艳喜庆。杂糖由多种糖果组成：花生沾，黄豆沾，花生块，芝麻块，京果，寸京（白色糖棍涂有红绿色线），橘饼，砂囊糕（灯草糕）……多姿多彩，好看好吃，样样都叫儿时的我口水长流。多个品种换来换去吃，绵的，沙（念四声）的，甜津津，脆生生。老来关注养生，还明白了杂粮比大米、白面更有营养，我也常吃。

书有杂志，文有杂文，艺有杂技，都是书、文、艺的一个重要品种，一个生命力强的品种。杂技我爱看，杂志、杂文和我相依相伴。

杂之优，源于博采两（或众）家之长，是多元化的体现。天生万物，使这个世界多元，杂七杂八，百花争艳。

杂，也用于贬义。比如，杂乱无章，杂牌军，杂种。其实，杂种的雅号叫混血儿，混血儿几乎个个美盖父母。

1954 年出了部好电影《山间铃响马帮来》。同名的主题曲也很好听，快七十年了我还在听还在唱，怀念我家乡的那支马帮，尤其怀念马群中的那一两匹矫健出众的骡子。骡子高大英武，油光水滑，驮得更重，跑得更快。骡子不是天生的，它是并不高大的马和并不英武的驴交配而生的杂种。

2020 年 5 月 8 日

攀比

1992 年，我创办力帆。虽然只是个九个员工的微型企业，也需要一辆汽车。资金微薄，花三万多元买了一辆北京 121 客货两用吉普车，请了个二十多岁的年轻司机小张。我常常和他开车走专县甚至川西坝去拉零部件。

小张开车，总和别人比速度，见车必超。只要同方向的前面有车，他就烦躁不安，不超过不足以平息焦躁。哪怕前车是大排量的高速车，小张也加大油门，穷追不舍，直到北京吉普超过前车他才罢休。他真是艺高胆大，我坐他的车多次，从未见他败下阵来。后来他辞职了，去开速度比北京吉普更快的车去了。我没挽留他，他这种争强好胜的攀比心理，我也担心他出事故。听说，他后来也没有开多久的车，想来新的车主也不放心见车必超的司机。

我这一生，其实也是个爱攀比、“见车必超”的人。当学生、工人、教师、编辑、老板，一直是各种行当的“超车司机”。攀比给了我巨大的动力，去追赶，去超越，使我赶上了不计其数的"前车"，取得了好些成果。喜哉，成也攀比！

但，久走夜路必撞鬼，见车必超能安全？我入汽车行业较晚，国内已有众多先行者，更不用说国外了。我暗暗下决心要超"前车"。在摩托车行业我们不是超过了许多"前车"吗？不同的是，汽车行业是资金密集加技术密集行业，要赶超就得巨额投资。偏偏那时款也好贷，债券也好发。于是我们就高负债，大投入。资产负债率越垒越高。一旦"去杠杆"实施，强压资产负债率，我们已经软化了的技术成果和已经硬化了的厂房设备等都不能变现偿债，企业挺不住了。过度地攀比，不自量力地赶超，给自己带来无穷无尽的烦恼，给企业带来惨痛的失败。悲乎，败也攀比！

人皆有攀比之心。适度，则平添动力；过度，则前功尽弃。有朋友问我，是不是咱们中国人特别爱攀比？我没有深入研究过外国人的攀比心理。但不妨看看我们这些流行的有关攀比的故事和说法：

既生瑜，何生亮。

货比三家。

是非只为多开口，烦恼皆因强出头。

不患寡而患不均。

比学赶超（口号）。

特别是，我们的汉字是象形文字，是比划出来的。比照成了汉字的一大特色，浸淫在象形汉字文化中的我们是不是更爱对比、类比、譬比、攀比一些？

老了，淡定了，才知道我自己过度的攀比何等荒唐。老同学聚会，我们选了首流行歌来作聚会之歌。由我填词，歌曲的结尾是：

> 富贵生死天注定，
> 不攀比，不矫情，
> 但求有山水共忘形。

2019年7月

“多双筷子”

——华夏情话

前记：春节中访友，遇主人用餐，邀我入席。一句“多双筷子”，叫我感动莫名，得写写这句华夏情话。

或亲朋、或邻里突然造访，恰逢主人家正要进餐。于是主邀客一同用膳。宾客连忙推辞：“不劳烦你们，我改日再来。”

“不过多双筷子。”主人边说边在桌上多摆了筷子一双。

或亲友、或邻里来访，相谈甚久，不知不觉到了用膳时间，于是主邀客辞，主人边摆筷子边说：“多双筷子。”

一声“多双筷子”，道出了主人的欢喜，道出了主人的好客。

一声“多双筷子”，示主人并非刻意，盼客人勿须多礼。

一声“多双筷子”，彰显主客亲昵，可以不拘礼仪，可以不论素荤。

一声“多双筷子”，彼此常来常往，家常便饭，宾至如归。

一声“多双筷子”，避不谈吃啥喝啥，主客情超凡脱尘。

“多双筷子”，我受过无数次款待；“多双筷子”，我无数次挽留过宾客。岁岁年年，时时刻刻，千千万万华人在说“多双筷子”。这句好客的华夏情话，回荡于世世代代，流连在家家户户。

君子之交淡如水，
多双筷子华夏情。

2022 年 2 月 3 日

饱汉不知饿汉饥，饿汉怀念袁隆平！

举国哀悼昨天逝世的袁隆平院士，最感谢袁公的是我这种饿过肚子的人！

1952 年秋我进了重庆一中。十四岁才身高 1.54 米，班上好些个男生女生都比我高，因为进校前常常吃不饱。高三时身高 1.83 米，五年长了 29 厘米，全校第一高人，兴许是吃了五年多的饱饭。

到高中毕业时，粮食开始紧张，食堂敞开吃的大桶饭改为定量吃的罐罐饭。饭量大的男生免不了有时喊饿。1958 年 4 月 15 日，重庆市的应届高中毕业生停课开展“中学生社会主义教育运动”，实为中学生反右运动，以班为单位展开教育、学习、讨论、批判。

讨论批判的专题，写在教室黑板上。有一天，一进教室就看见黑板上写着的当天讨论专题“饱汉不知饿汉饥”。大家心惊胆战，谁吃了豹子胆敢这样乱说。会上，一个姓周的同学承认了是他说的，并做了自我检讨。批判他的火力可猛了，说他是对“三面红旗”不满。周同学家庭出身不好，经过这场批判，高考名落孙山，尽管他学习成绩优良，得过“三好学生”奖，尽管他还当过班团支部的支委。

我从1959年下半年开始饿了三年。饱汉朋友，因为这样那样的缘故，你可能饿过一餐两顿。虽说是“半顿不吃饿得慌”，那还不叫饿饭。只有整月整年地吃不饱，那才叫饿饭；只有不知道哪天才有饱饭吃的人，那才叫饿汉。

饿得最严重时我患了水肿病，肿得像个“水打棒”（川话，水中浮尸），浑身肿胀，皮肤发亮，连眼睛都睁不开了。饥肠辘辘，万念俱灰，连求生的欲望都没有了，甚至，大龄处男连异性都不想了……如果不是有关部门抢救，二十四岁便是我尹某人的“享年”。

从那以后，我就关注农事，特别在意天气，特别留心收成：

天老爷，落大雨，
保佑娃娃吃白米。

立夏不下，
锄头耙梳高挂。

芒种忙忙栽，
夏至谷怀胎。
……

2020年我国整体脱贫了。且不论脱贫程度或深或浅，且不论生活水平或高或低，国人都不饿肚子了。真的，为此我还去穷乡僻壤调查过！因为党和政府有众多扶贫政策：包产到户、免农业税、精准扶贫等等，还因为有袁公的高产杂交水稻。

袁公的超级稻可亩产一千公斤以上，据说全国广种杂交水稻后，平均亩产量已从三百来公斤提高到了五百公斤。晚年，袁院士还试验成功了海水种稻。民以食为天，新时代真的有了保佑百姓吃饱的天老爷！

天老爷，落大雨，
保佑娃娃吃白米。
袁隆平，杂交稻，
百姓不再饿肚子。

2021年5月23日悼念袁隆平院士！

也说稀饭

近日，张文宏教授说：“早上准备充足的牛奶、鸡蛋，高营养的三明治，（孩子）吃了再去上学，早餐不许吃粥。”赞者多，批者众，沸沸扬扬。我们巴蜀把粥叫作稀饭，想起了一些有关稀饭的陈年往事，也来说说，但无关争论。

酸稀饭

民国时期我家早饭顿顿吃干饭，因为大家上午要做活路、上学堂，吃稀饭也不经饿。只有三伏天我母亲才叫煮稀饭，是水多米少那种清稀饭。晾几个小时后，到下午晚上才喝。喝起来凉爽解渴，全家都爱。

我大嫂家更奇特，稀饭煮好后要放一段时间，放酸了才喝。还不时用汤瓢去搅稀饭，这样酸得更快。她说酸稀饭更爽口。酸味液体确实爽口，比如酸梅汤。放酸了，其实是发酵了，也许更容易消化，亦如酸奶。

胡豆背时遇稀饭

南方人，或者说我们巴蜀人，民国及以前没有早餐吃稀饭的习惯。中华人民共和国成立后工厂、机关的食堂早餐才慢慢流行稀饭馒头。1958 年我进工厂了，工厂食堂的早餐还是吃干饭的人多，因为大家要干活下力。晚餐，特别是中餐食堂也不供应稀饭，大热天才偶尔有。随着粮食供应紧张，稀饭才盛行起来。二两粮的稀饭堆头（川话，体积）比二两粮的干饭大很多，胀肚皮，哄肚皮。

粮食最紧张的时候，胡豆正式列为粗粮顶供应。有一天，我去打二两的胡豆作早餐，只有 32 颗。哄不了肚皮，只好猛喝盐开水。后来我机灵了，早餐挑选一两胡豆配一两稀饭。口感不软不硬，堆头不大不小。这个绝配是儿时受了老家一则谚语的影响：

曹操背时遇蒋干，
苋菜背时遇大蒜，
胡豆背时遇稀饭。

一块钱管饱

2018 年春，我们二十多个老同学聚集郫县，想享受成都郊外的大好春光。郫县给我们留下了许多好印象，但印象最深的却是一家饭馆门前的招帖：

“一块钱管饱——稀饭”

我们都笑了。之后的一两年里我们还多次谈起这稀饭。这是一个成功的广告。那天，我们并没看见有人去吃那一元管饱的稀饭。其实，那缸钵里装的稀饭并不清，只是眼下吃稀饭的人真不多。

忙时吃干，闲时吃稀

升斗小民半斤米熬稀饭还要盘算该掺几瓢水。岂料真龙天子武则天、朱元璋和人民领袖毛主席也惦记过稀饭。

传说武则天最喜欢吃泡豇豆下稀饭。明太祖朱元璋穷苦人出身，登大宝前常常挨饿。饿得遭不住了去掏老鼠洞，得到大米、小米、红豆等，几种粮食混合熬出的稀饭特别好喝。登基后，他念念不忘，下旨把这几种杂粮再熬稀饭吃，赐名八宝粥。

毛主席也有指示：忙时吃干，闲时吃稀，不忙不闲时半干半稀。

闲来无事话稀饭，
领袖百姓总关情。

2020 年 4 月 25 日

人际关系

据说，我国六十岁以上的人口已有2.6亿多，老龄化社会已经来到。养老养生的文章应运而生，充斥媒体，洪水滔天一般向社会涌来。我五十五岁创办力帆企业。创业之初东奔西跑，冲锋陷阵，不知老之将至，从不读那些养老文章。七十五岁之后，沉睡一夜也难消除前一天的疲劳，方知老已临门。才慢慢开始调整自己的工作节奏，才有意无意地读一些养老的文字。

近读国外知名大学的研究成果，长寿的第一因素不是运动，不是营养，而是人际关系。人际关系良好最有助于长寿。这个论断吸引了我。

全世界都知道，华夏是个熟人社会，最讲关系。“关系”一词本应译为英文relation，可是事关中国的文献中，“关系”一词出现频率太高，有好事的老外干脆把汉语拼音的“关系”——guanxi作为一个英语新词。

是的，关系在我们的社会生活中太普遍、太重要了。有的人夸张地说关系才是生产力。在我们民营企业圈内，更是无时无刻不关注关系。办了三十余年民企，愚在各种关系上有些心得。在民企界我属少有的高龄者，因而许多商会、论坛、学府常邀请我去讲讲民企的关系问题。

民营企业主们都知道，所有关系中最大关系是我们和党委、政府的关系。我们要听党的话跟党走。具体到怎么对待党政的领导人，我直白地告诉民企：见官小一级。

民企老板和员工的关系也很要紧。我把这总结成：老板厚道，员工地道，和谐企业，生财有道。

民企怎样用人，我也有说法。用人三策，任人唯亲为下，任人唯贤为中，贤亲并举为上。不少书生或书生气的人，一概否定亲。我提醒他们，“家鸡打得团团转，野鸡打得遍地飞”。在生存重于发展的时期，求生就不能避亲，遇到艰险就离不开挨了打也“团团转”的亲者（广义的亲）。古今中外“一朝天子一朝臣”现象普遍，那就是贤亲并举。

退休之后，特别是读到人际关系最有助于长寿之后，我重新审视人际关系，更新认识，与人交往最重要的是：记住人的好，忘记人的歹；甚至，只记人的好，不记人的歹。

世界上没有十全十美的人。家人亲，朋友爱，多么亲爱的人他也一定有缺陷。他还可能有意无意惹得你不快，甚至伤害过你。怎么办？愤愤不平？亲友不要了？忘记他的歹，只记他的好，你才会亲近他，亲情常在，身心愉悦。

忘人歹比记人好更难。念高中时我挨过批判，受过处分。批判之词多是过头的上纲上线。很长时间我都没法忘记那些过头批判的凶狠。冤案平反后，我渐渐明白了不该恨那些批过我的同学。在当年那种氛围下，说点过头话是可以理解的，尤其是出身不好的同学。后来我办企业了，重用了曾经严厉批判我的老同学，他们在技术创新、企业管理上都发挥了光和热。反右时错划“右派”五十万（亦说三百万），他们绝大多数是人中龙凤。可改正之后，龙飞凤舞的并不多。为什么？我认识的一些“右派”，改正后仍旧对他们的冤情耿耿于怀，怨这怨那。愤懑中他们折了凤翅蚀了龙爪，不亦悲乎！老是记着别人的歹，你就会看谁都不顺眼，屋里屋外全是生人、路人、歹人。就会觉得日子坡坡坎坎，生活沟沟壑壑，消沉了意志，殆尽了智慧，殒殁了生命。

多栽花，少栽刺，春色满园，花开四季；记人好，忘人歹，四海兄弟，寿比南山。

多记人好三冬暖，

常记人歹六月寒。

2022 年 1 月 20 日

相交不累即好友

都说本命年麻烦多，今年我真撞上了。动了两次手术，心血管搭了三个支架。术后康复缓慢，动辄喊累。动一会儿累，站一会儿也累，甚至坐久一点都累。气喘，乏力，疲惫，情绪消沉，感觉鲜花不再绚丽，阳光不再明亮。累起来我别无他求，只求不累。不累就是舒坦，不累就是幸运。

今晨醒来，打开微信，看到一个视频，《老了，需要这样的朋友》。该文说：需要傻得真实的朋友，需要能够懂你的朋友，需要幽默有趣的朋友，需要充满正能量的朋友。觉得它说得好，便想转发给朋友。边转边觉不妥，人海茫茫，哪里去寻找这么优秀的朋友？——这是圣人了！

经过商，从过政，干过文化教育，我在商界、政界、文化界朋友众多。八九岁就当娃娃头，毛根朋友也多。处过二十一年逆境，彼此不嫌弃的牛棚之友也不少。一生啦，唱过好多赞美朋友的歌，读过更多颂扬友谊的诗文。朋友类型的两个极端：

酒肉朋友和知心朋友我都有。介乎两个极端之间的校友、乡友、僚友、笔友、良友、契友、密友、腻友、盟友、畏友、诤友等，什么样的朋友都交过，但像视频说的那样完美的朋友，实在是少而又少。真是千金易得，知己难求。

想到那些茶馆里的麻（将朋）友，他们嘻哈笑闹，调侃切磋，好不快活！无奈停搓，依依难舍，这样不离不弃是不是好友？又看那些广场舞伴，独舞春秋，群蹈冬夏，相逗相引，这般忘情忘形算不算良朋？再看看那些酒友，猜拳行令，大呼小叫，吼掉了斯文，喝露了原形，宁肯己喝少，也要友喝高，逼着友多饮，争着付账，如此克己无我叫不叫哥们？这些常见的、普遍的麻友、舞友、酒友、队友、工友，他们彼此对品格、才能并无什么要求，不在乎相知相助却相处融洽。我想，他们乐于交往的共同基础，就是相交不累。

如果朋友之间对接待的规格不计较，交谈的话题不劳心，无心之过不记怨，不情之请不过头，彼此不攀比，不矫情，特别是不用提防，不必戒备，不翻空话，不兴举报，这样的交往神不疲，心不累。不累就是舒坦，不累就是幸运。

高处不胜寒，退一步海阔天空。我们不能高标准要求人们积德行善，人不作恶即温良。同样，我们不能过高奢望朋友品性高洁，才高八斗，情趣高雅，有求必应，相交不累就是好朋友。

人生知己最难求，

义薄云天世罕有，

活着无愁大幸运，

相交不累即好友。

2021年6月11日

养老急需机器人

"轰——"的一声天就塌了。人感觉老了就像天塌了一样，突然降临，几无预感。"不知老之将至"乃人类的通病，我亦如是。当我明白已经老了时，惶然无所措，不晓西东。年满八十之后的日日夜夜里，一直在探讨、思考怎样养老。

儿女同住

我国传统的养老观念是养儿防老，传统的养老方式是老人和儿女同住。由于社会变化快，两代人的价值观念和生活方式差异日渐增大。老人和子女住在一起，认识分歧渐多，言行误会渐大。"天下无不是的父母"也渐渐有了不是；"承欢膝下"徐徐少了欢乐。和子女同住的养老方式慢慢显出弊端。加之当前的子辈多为独生子女，赡养老人常常有四个父辈甚至还有祖辈。子女们不堪重负，难免淡化了他们尽孝的责任。老人难免常年病痛，久病无孝子，担心久病在床伤害了两代人的亲情。

我有儿有女。从他俩出生之日起，我就认定儿女是养来爱的，不是养来供使唤的。生养子女是因为我们渴望体验那种为父为母的爱，结婚生子是生活的潮流，甚至是一种本能。不求子女回报的养育才是纯真的亲爱。一生平凡，为父为母才获得了一点点崇高感。我要把这种美好的感觉永远保存。不能因为自己老了就去给骨肉增忙添乱，让光辉的父爱变得暗淡。所以我不会选择在儿女家养老。

子女分居

有联系的老同学老同事中，近半数没和子女同住。虽七老八十，多数生活还能够自理。身体弱了的或老伴走了的都请了保姆或钟点工。有的还与雇员同吃同住。可我们心里都明白，会有那么一天我们生活不能自理，那时问题就来了。

同班好友老许已中度老年痴呆，幸而老伴贤惠。但老伴也衰老了，抱不动老许，高价请了一个壮年男护士来护理老许。那护工表面看来任劳任怨。后来发现，老许大腿根上伤痕累累，是那个不良护工发泄不满掐伤的。

和子女分居养老，最担心的是老人生活不能自理后，保姆、护工人品不善，操守不良。

进养老院

自然地，我们会想到，不能自理后，恐怕还得进养老院。

于是我们单独或结伴去考察养老机构。眼下，养老院已遍地开花。市场经济下，养老院都得赚钱，我们不能责怪谁，我们只能选择服务性价比高的养老院。

居家养老，子女或外聘人员大包大揽，样样得做：洗衣，抹屋，烧水，做饭，炖汤，熬药，搀扶，洗喂，送医，守夜……令他们手忙脚乱。而养老院照顾老人，员工分工合作：打扫房间，煮饭洗衣，巡更守夜，打针喂药，心理辅导，休闲娱乐等等，专业分工，每个员工的工作简单明确，易于精益求精。养老院的服务质量平均高于居家养老。

进养老院的老人会越来越多。怎样才能使养老机构业主生财有道？怎样才能使养老机构的服务人员操守优良？我想，一靠充分的健康的市场竞争，二靠政府的扶植和规范，可这两点都非一日之功。

急需机器人

看来，上面三种方式都各有缺陷。有弥补的方法吗？有，养老机器人。

机器人的功能令人鼓舞，随着科技的进步，人能提供的服务它都能，人不能提供的它也能。更令人欣慰的是，机器人不传隐私，不觉委屈，不知抱怨，更不会泄愤，和老人的关系更和谐，可避免许多不方便和尴尬。老人怕摔倒，有人建议我在卧室安装摄像头，我没安。难道还要安排人整夜盯着视屏？再者，我换衣裤时有人盯着岂不尴尬？有机器人陪伴这些问题都失之、化之了。

养老机器人真好，即使我们生活不能自理了，它可以把我们背来抱去，帮我们换衣，帮我们如厕，帮我们洗澡。它不仅可以为我们提供物质上的帮助，也许还可以提供精神上的服务，为我们唱歌跳舞，为我们阅读朗诵，甚至对话安慰。

不要认为机器人只为钱多的老人服务。钱多的，它的服务一机对一人；钱少的，一机对多人。

养老机器人适用于一切养老方式。老人急需！老人的天塌了，机器人能撑起大半边天。

后记：市场上出售的养老机器人远未达到本文期待的水平。当下的科技水平完全可以把机器人造得好过我们预期。所以我们呼吁！

敬告专家和商家：我国年满六十岁以上的老人，已达2.8亿人。养老机器人有非常巨大的市场！

2020年6月21日

爱不盼归期

——爱的需要

前几天写了《养老急需机器人》，其中有一句："儿女是养来爱的，不是养来供使唤的。"有朋点赞。余意犹未尽，笑而续貂。

改革开放后引进了行为科学，国人才知晓了马斯洛关于人的需求层次的学说。马斯洛理论把需求分成生理需求、安全需求、社交需求、尊重需求和自我实现需求，共五类，由较低层次到较高层次依次排列。

这五个层次的需求大体都是需要得到什么或获取什么。爱的需求属于第三层社交需求，普遍认为是需要得到爱，需要被爱。这个认识不全面，人类爱的需求不仅是获取爱，还有付出爱、去爱。

小学三年级，我六岁。有一天看到两三个女老师在指导七八个小女生跳舞，说是为了儿童节表演。我喜欢得不得了，呆呆地站在一旁观看，久久没有离去。魏老师向我走来："你们家一定有鸡皮皱被面吧？我们想借来给女生们结成连衣裙。你回家和尹大娘（我母亲）好好说，我们保证不剪、不撕、不弄坏！”

小女生的舞在我这个小男生心目中那真是小仙女下凡了。她们后来表演时服装全是用高档被面结的扎的，美极了。我高兴得不得了！成人之后才明白我高兴不仅仅是欣赏那舞蹈，还因为我爱那舞，爱她们，想为爱做点事，所以死乞白赖也要家里把珍藏的紫色鸡皮皱被面借出来。

有人说，爱是对等的，去爱和被爱同时发生，就像作用力和反作用力一样。这话也可能有误，我一个六岁小男生，只想去爱，哪求什么被爱？

我二十八岁结婚，很快内子就怀上了。当时我地位卑微，挨过批判，受过处分。“文革”来了，又陪斗，又抄家……我害怕我的子女一出生就是贱民，便努力说服内子去人工流产。我们怎么能够忍受子女过我们这样不堪的生活？！我妻子陪同我受够了歧视和屈辱，同样担心子女未来不堪，就同意了。后来，婚后四年多了，我们夫妇是那样喜爱亲友的小孩，那样津津乐道抚育孩子的乐趣。有一天，我内子郑重地对我说，我们还是要一个吧，我立刻就答应了。四年多来我俩积累了一个共同的愿望，积累了一种共同的需要，需要养一个子女来供我们爱。那时真没想什么养儿防老——贫贱如斯我们还有什么老可养？更没想什么光宗耀祖——我的祖宗八代都已批倒批臭了。

昨天，突然想起今年过了一半了。自疫情隔离以来，我有半年没见过好友老许了。他因老年痴呆加之多病，躺在医院里昏迷着。一种强烈的挚爱、渴望、恐惧冲击着我，我不顾一切奔去医院看了他。六十八年的患难与共，我爱我这位难兄难弟，需要去看看他。他尚在昏迷中，我知道我给他带不去什么，也从他那里带不来什么，仅仅是关心他，爱他。

上面所举的少年例子、青年例子和老年例子，展现的都是我某种强烈的爱的需求。相信读者你也曾有过无数次爱的需求，你非得去付出，非得去爱！

说什么爱是对等的，付出爱了就应得到爱，果如此那只是交易，称不上爱。爱是一种需要，需要去付出。

爱不记去日，
爱不盼归期。

常言道："痴心父母古来多，孝顺儿孙谁见了。"是爱的需要才使父母们痴痴昵昵。而且，此种不计回报的痴爱不问西东，不问古今。

2020 年 6 月 29 日

万辈子敲竹筒筒

——老家老龙门阵

大多数人都听过“人心不足蛇吞象”的故事。小时候，我在老家听过一个类似的老龙门阵。

很久以前，有个挑夫，风里来，雨里去，挑煤炭，挣力钱。顾主不多，工钱不高，每天只挣二三十文，苦苦累累。有一天，他路过一座破烂的土地庙。没有香火，没有铁磬铜钟，只挂了一个焚香时敲打的竹筒筒（第二个筒字念一声），冷冷清清。

挑夫给土地公公土地婆婆作了一个揖。说：“保佑我每天挣一百文，我把竹筒筒给你们换成铁磬。”菩萨显灵，不久他每天真的能挣一百文。

挑夫守信，买了个铁磬去换了土地庙那个竹筒筒。挑夫磕头：“保佑我每天挣一吊（千）钱，铁磬换铜钟。”当夜，土地公公给他投梦：“挑煤炭绝无可能每天挣一千，你去开个煤炭店，我保佑你一天赚一千。”菩萨显灵，不久，果然每天赚一千。

挑夫给土地庙送去了铜钟。他还想多赚，便三跪九叩：“保佑我每天赚一万贯，我给你们送金——”他想说送金钟，突然想到金钟太值钱了，舍不得，顿住了。当夜，土地公公又来投梦：“给我们送金钟吧！”挑夫不语。

挑夫舍不得送昂贵的金钟，煤炭店生意日渐萧条，逐渐降到每天百文、十文。挑夫觉得土地菩萨太贪婪，正想去骂他们。岂知土地公公寻上门来讨说法。双方争吵起来。

土地公公骂曰：

有了一百想一千，

有了一千想一万，

万辈子你都挑煤炭！

挑夫回骂：

有了铁磬想铜钟，

有了铜钟想金钟，

万辈子你敲竹筒筒！

挑夫出了气，哈哈哈哈，笑醒了自家，原来南柯一梦。天已发白，只得起身，挑着箩筐向煤窑走去。

2019年10月6日

螺丝钉告诉我

上世纪四十年代我念小学，五十年代念中学，那时我国尚未机械化，学生们很少接触机械，没有什么螺丝钉的概念。但五十年代的中学生都有“做革命的螺丝钉”的志向。那时的螺丝钉告诉少年的我，祖国需要我在哪里，我就应当钉（拧）在哪里。

真正接触螺丝钉是1958年我当上了车工，几乎每天都会加工螺钉和螺母。我们那家工厂是民国时就有的老工厂，民国时期的老设备都是英国制式的，我们小组的车床也多是英制。但新中国成立后工厂新进的设备都是公（万国）制了，我们小组也进了两台公制车床。

大英帝国无落日，它和它治下的广博地域都用英制的度量衡。英制曾经主宰过世界。随着英帝国的没落，许多新兴国家都采用较方便些的十进制的公制。中华人民共和国成立后我国向苏联“一边倒”，和苏联一致采用公制。长度上，一英寸等于（公制的）25.4毫米。这个怪刁刁的换算会难倒一些人。

生产和维修的需要，同一台车床时而加工公制螺纹，规格是牙距几毫米；时而加工英制螺纹，规格是一英寸里有几牙。这就要求随时更换车床主轴和进刀轴的传动比。操作的车工得选取不同的齿轮。这个计算，小学文化的师傅们（人数占一半）要花二十来分钟。而我只需心算，二十来秒即可。不少师傅干脆自己不算，直接来问我。中英制换算成就了我这个新来的学徒工。螺丝钉告诉我，读书有用。

六十年代我读过一本谍战书。讲到美国拥有的携带北极星导弹的核潜艇，被美国一家玩具厂制成玩具在市场上出售。玩具的缩小尺寸比例精准，可以让苏联人买小玩具去仿造大核潜艇。美国中央情报局要求起诉这家玩具厂的泄密叛国。专家指出，核潜艇尺寸是英制，苏联加工体系是公制，仅仅把图纸中的英制换为公制就需要两三年，那时没有高速计算的电脑。专家劝中情局不必大动肝火。因螺丝钉而想到的公英制换算告诉我，统一度量衡，实施标准化有多么重要。不少人念念不忘秦始皇的伟大，就因他倡导并实施了书同文、车同轨，统一全国的文字和度量衡。

二十一世纪初，我们企业摩托车发动机出口每年有近两百万台（世界一流）。有一天，接出口公司通知，希望我接待一家日本公司。他们已经买了我们几批发动机。虽然量不很大，但能进入摩托强国的日本，是我们企业的荣耀。会晤中那位日商告诉我，经过测试，我们的发动机和日本的本田发动机、雅马哈机相差无几。但我们的发动机不耐久，跑了几万公里后，紧固螺栓松动了，大大降低了发动机的性能。我们的发动机运到日本后，他们把紧固螺栓全部换成日本的，耐久性能大大提高。再换掉我们的商标，他们的售出价翻了一倍还多。他当场给了我两颗螺钉，国产和日产的各一，外观并无差别。这两颗螺丝钉告诉我，质量上，差之毫厘，失之千里。质量兴邦。

螺丝钉不停地告诉我：

哪里需要就钉在哪里——学生腔；

读书有用——学徒工口气；

标准化重要——社会人口吻；

质量兴邦——企业主心声。

螺丝钉的种种告诫，其实是我自己不同时期的不同腔调，是自己认识的演进，自己的成长史。（当然，演进之快远不及新一代人的成长史。）

2020 年 7 月 5 日

打二锤与弹钢琴

打二锤是匠人手艺，弹钢琴是艺术技巧。我把这一粗一雅的两种技艺生拉活扯放进同一话题，风马牛不相及？

八旬之后我才不间断地学弹钢琴。手指、手腕、手臂都僵硬了，手脑配合也迟钝了，学起来真费劲。有时还怀疑老人根本不该学，好多次都想停止不学了。猛想起自己学打二锤的过程，鼓舞了我，坚持学琴。

石匠的工具中有大锤、二锤、小锤。大锤重三十来斤，（剖）开大石头时才用，打一下至少休息三分钟，还长声吆吆地唱着号子，用得不多。二锤重七八斤，常常使用。1964 年我被差遣去打防空洞，派我打二锤。

“备战备荒”战略 1964 年已开始实施。我厂抽调人员组成了一支二三十人的队伍专职打防空洞。那时我二十六岁，拜农场劳动时红苕洋芋管饱所赐，身高 1.83 米，体重 80 公斤，身强力壮。加之我政治条件不好，进厂六年了才是个月薪三十元零五角的一级工，绝对听使唤。所以派我去干最重的活，打二锤。

人类打洞子大致分四个阶段：纯人力、人力加放炮、风钻加放炮和全自动隧道挖掘机。我们那时属第二阶段，人工打炮眼装药放炮。打炮眼是一人掌炮钎，每打一下，炮钎约转三分之一转；另一人用二锤一锤一锤地敲打炮钎。

二锤用两块楠竹片重叠作柄，极具弹性。甩到高出手臂三四尺的顶点再用力砸下来，二锤运动的轨迹是一条美妙的曲线。打二锤力度要大更要准。炮钎顶端尺寸直径不足一寸，很容易漏击。打空了不打紧，打在掌钎人手上就会伤人。当时，“牛鬼蛇神”身份的我，打伤人就可能定为“阶级报复”，后果不堪设想。

我诚恳向打得最好的张志维师傅请教，他耐心地教我，但说“打二锤靠手感手风”，听起来就有点玄了。我一边按张师傅的教导练习，一边在地上或壁上用粉笔划个小圆圈，用二锤瞄准那个小白粉圈打。一口气打几百上千下，一连练了两三天，自信有点准头了。同队的有个叫向志成的师傅，他从来不歧视我。我请他掌钎，由我练习实打。他说：“谁天生就打得准？打着就打着。我不怕，你放心打！”向师傅鼓舞了我，善良无处不在。

不几天，我就能熟练地打二锤了，后来打了半年多都没有伤过人。打二锤是手腕转、手臂挥和腰肢扭并充分发挥竹片的弹性的和谐运动。越熟练，越省力；越熟练，越好看。中午吃饭时间，路过我们洞口的人较多，总有路人或回头或驻足观看我打二锤。也许那是一场锤舞表演：高大健壮的身材，和谐的手臂舞动，翻飞律动的铁锤，想来颇有可欣赏之处。虽说是强制性的重体力活，众人围观时我也多少有点自得。

一切技艺都是熟能生巧，这个巧就是张师傅说的“手感手风”。熟练的技巧总有一些艺术性的美感，所以国人把匠人的技术称为手艺或技艺。我想，弹钢琴也是一种技艺，也一定遵循熟能生巧的规律。所以我坚信苦练之后我也能由笨化巧，何况弹错了又不会伤人，更没有什么“阶级报复”的追究。

当然，打二锤和弹钢琴也有差别。一是天分。具有普通天分的人，熟能生巧，都能学会并不高深的打二锤和一般的弹钢琴，但唯有天分高的人才能成为钢琴家。二是艺术造诣。只有造诣高的人，有高雅的艺术修养和深邃的乐曲领悟，才能使弹奏出神入化。

但说到底，打二锤和弹钢琴，甚至一切技艺，都遵循一条共同规律——熟能生巧。

2020 年 3 月 31 日

神秘的操控感

大自然给人类留下许多奥秘。人们靠感觉操控而无法言说的能耐，就有些神秘，像我以前写的《打二锤与弹钢琴》的那种手感。姑且命名为操控感。

一、操控感 1.0

我当过十八年工匠，除了打二锤的手感外，最自豪的是开镗床的进刀手感。六十年代末，我们工厂购进了一台大型卧式镗床，这是工厂的一台重要设备。尽管我的政治条件不好，不应该派我去操作，但我技术一流，干活踏实，还是派了我。

镗床是镗孔的专用机床，孔的大小取决于镗刀在镗杆上伸出的半径。镗刀用螺钉拧紧在镗杆上，操作人用榔头敲镗刀的尾部，敲出去一毫米（半径），工件的孔直径就镗大两毫米。敲镗刀全凭手感。

我苦练了一段时间敲刀的手感，不久就可以精确地敲出 2

丝到10丝。1丝是1毫米的百分之一，人的头发的直径是7到10丝。我这一手赢得了一些人的尊敬。工厂派了个二十岁的青年小欧来跟我学艺。领导交待不准他叫我师傅只准叫我姓名，但他还是叫我师傅，因为他佩服我。1974年，重庆搞全市大协作新造汽车，造山城牌汽车500辆。分配给我厂——分配给我——的任务是镗500个变速箱。凭我的敲刀手感，我提前完成了任务，质量全部合格，为工厂争得了荣耀。

我佩服一位老师傅校正钢板的手艺。一块钢板有些微的弯曲，他最多敲三榔头，就能把钢板敲得平直，有时只需要敲一下。古武士的百步穿杨，今军人的百发百中，都是苦练出的射击手感。开汽车，有人开得安全、省油、省时，那是他驾（驶）感一流。文人下笔如有神，因有非凡的语感。钢琴家、提琴家能奏出仙乐，因为他们有天赋异禀的乐感。

二、操控感2.0

1.0版的操控感靠熟练和天赋，共同的特点是难以计量，有点神秘。我敲一下镗刀，该用五斤力，十斤力，还是二十斤力？无法量化。这种神秘，阻碍了人类技艺的进步。

是传感器加电脑量化了人的一些操控感。比如，内燃机每个冲程喷进燃油的多少，既决定了它的经济性，也决定了它燃烧的环保性（燃烧的程度）。它是通过设置若干个传感器，感知机器的负荷、温度、气压等指标，再集中传到电脑的控制中心，由电脑通过计算来决定油门张开的大小和喷嘴喷油的量和速度。

这一切可以在千分之一秒甚至更短的瞬间完成（以上技术，俗称电喷）。自动驾驶汽车，也是设置若干个传感器，感知四方的路况、信号、障碍、行人等等，由电脑瞬间决定是否转弯，是否减速。今天用数控镗床镗一个孔，即使精确到半丝，也只需动动电脑，勿须敲刀了。

连钢琴也装上了自动弹奏器，电脑指挥琴键运动。自动弹奏所奏的乐曲虽赶不上郎朗、李云迪那种灵气弹奏的效果，可也正确、悦耳。电脑还可以吟诗赋文，电脑已经战胜了世界顶级的围棋高手。

三、操控感 3.0

未来，电脑、互联网、大数据或者更先进的什么东西，比如人工智能、机器人，除了超越人的手感、乐感之外，它们能治愈我们的疼痛感吗？能消除我们的恐惧感吗？能有比我们表达得更强烈，或更温柔，或更恰如其分的同情感、怜悯感、性爱感和亲情感吗？

2020 年 4 月 7 日

立夏不下，锄头耙梳高挂

我出生在重庆农村的一个乡场上，成人后又在厂办农场劳动过一年多，一生都抹不去农耕的情结，也记得一些农作的谚语，如像“芒种忙忙栽，夏至谷怀胎”。立夏到了，又记起了“立夏不下，锄头耙梳高挂”。这是说，从开年到立夏都还没下过透雨（或水田没灌上水），今年水稻就没盼头了，锄头耙梳这些农具就会高高挂起用不着了。

“立夏不下”这条谚语反应的是农业靠天吃饭。最近重读小说《白鹿原》，书中讲到那次大旱灾，真个是惨绝人寰！为了求老天下雨，族长白嘉轩在求雨仪式上，居然用烧得发白的铁钎洞穿自己的手掌。民国时期我老家涪陵新妙场也有过一年大旱，田野禾黍半枯焦，听大人说用火柴都能点燃庄稼。我们镇也举行了一场求雨的祭祀。那时我还小，五六岁吧，只记得玩水龙。玩水龙的只穿一条短裤，上半身光胴胴，头戴一个带叶黄荆条圈成的帽圈。沿途各家各户都要拿出一挑的桶水去泼水龙。那时连吃水都非常困难，每个水井白天夜晚都排长队，等一挑水要候个把钟头。我家和不少邻家设了香案，水龙一到主人焚香跪拜。我们小孩成群结队伴着水龙，边跳边唱：

天老爷，
落大雨，
保佑娃娃吃白米！

小儿无知，我们还笑嘻嘻地念唱。回头看见我母亲和不少祭拜的乡邻泪水涟涟。我的呼叫渐渐变成哭腔。

中华人民共和国成立后，主导思想是人定胜天，改造大自然。毛主席的“农业八字宪法”：土、肥、水、种、密、保、工、管。把水列在首位。其他七项，人可以把控，但水，人很难做主。于是，前三十年集中了一切可以集中的力量去修水利，就是想战胜干旱。修水利常常是千军万马，没有工资，只计工分；不管饭，自带口粮。修建了许许多多的堰、塘、渠，比如著名的红旗渠。我凭记忆估计，一个劳动力一年的两成时间，都用在修水利上。这些水利设施能缓解一些旱情，但远远说不上战胜了天老爷。

改革开放以来，继续大兴农田水利，地里沟渠纵横。辅之以机械化，以及滴灌等技术，甚至人工降雨，旱灾才得以基本缓解。尽管我们仍然不能说战胜自然，但久旱不雨依然可以种庄稼。

立夏不下，锄头耙梳忙庄稼。

2018 年　立夏

不只是果实

“结果了！结果了！”阳台上栽了小桃树、小李树和一小架葡萄，春日居然都结了果。虽然小小的，少少的，家人们的欣喜却也浓浓的。

一生忙碌。忙于学习，忙于生存，忙于发展，淡泊了风花雪月，远离了花果鱼虫。尽管偶尔也赏过花，啖过果，但从未关注过花草果树的风姿风情，生活生长。退休隐庐了，才在阳台上种花栽果，赏心于它们的生长变化，悦目于它们的开花结果。

我家的栽种目的在于吃桃、吃李或吃葡萄？是，但不全是。它们叶的翠绿，花的鲜艳，点缀了居处的活泼，增添了环境的生气。脱贫了的国人不再只是为了吃。之前，饥饿的忧患使我们最关心作物的收成。即使我们也注意了生根发芽，扬花吐穗，但最终关心的还是果实果腹。民以食为天，果实收成才是天大的事。

想起了五十年代我非常喜欢的一首歌，是重庆市歌舞团用我家乡的民歌调子谱写的。

金黄的谷子哈，
黄哦又黄啰喂，
那颗颗大来嘛啰儿啰，
吊吊[1]长啰喂。

还有那年代红极一时的电影《山间铃响马帮来》，插曲唱的也是收成：

但愿年年月月响马铃，
啊 伶俐的姑娘哎说得对啊
年成好来谷穗肥。

就是唱爱情的歌，也寄情于果实：

满山的葡萄红艳艳，
摘串葡萄妹妹你尝鲜。
靠近身边问一问，
这串葡萄甜不甜？

（电影《苗家儿女》插曲）

但是，人们吃饱穿暖后就会视野开阔，雅趣横生。苗之青翠，花之绚烂，带给我们的喜悦不亚于果果甜，吊吊长。读书人也出来凑趣，说什么最美享受是过程，甚至说只问耕耘，不计收获。其实物质生活丰富之后，看人论人也随之改变，要看其地位、财富、名气等成就，也察考其志向、品性、气节。

唐代大诗人白居易这样定义诗歌：诗者，根情、苗言、华（花）声、实义也。一首美妙的诗，其情若根，其言若苗，其声若花，其意义若果实，情、言、声、义，无一不要，无一不美。评论一首诗的美好，含义当然要紧，但也不仅仅只看其义。

$a=b$，$b=a$，白居易的等式也可以倒过来。植物之根宛如诗之情，苗宛如诗之言，花宛如诗之声，果实宛如诗之义，根、苗、花、实，无一不要，无一不美，根苗花都像诗一般隽永，不只是果实。

2021 年 4 月 13 日

---

[1] 吊吊，念一声，谷穗。

桃花劫

——好事没有第二回

近来病毒肆虐，蜗居在家。亲友们传来了几条桃花盛开的视频，勾起了我一件伤心往事。

桃花艳红，桃花报春，人们都喜爱桃花。我们用“桃李满天下”来描绘后生弟子的盛况，桃李是国人心中的希望。

我老家的后花园不大，植有一桃树、一李树、一簇芭蕉和一丛茉莉，足见我父母的爱好和品味。那李树在我十三岁离开老家时还枝繁叶茂，那桃树却在我六七岁时被我活活敲死了。

记得那天我家请了两个银匠来家打手饰。家中的女眷们把金、银、铜拿出来打成戒指、耳环、簪子之类。我在一旁看了一阵索然无味。磨皮擦痒的便拿起银匠师傅的小榔头来把玩。见两师傅并不介意，我便把小榔头拿到后花园中去东敲西打。

那天桃花盛开，我来到桃树下。敲了几下树干，树干皮裂开，我捏住树皮向下一撕，树皮被我撕下一块，露出黄桑桑、光滑滑的一片树干，比疙疙瘩瘩的桃树皮好看多了。平时我撕不下桃树的皮，误打误撞，发现敲几下就能撕开。我继续敲，继续撕掉桃树皮。没多久，桃树干有一尺多长的一段，树皮全被我扒掉，露出光光的一段树干，我觉得它更好看。

“尹老九，把榔头拿回来！”我母亲边喊边来到我身边，她一看就吓住了。“作孽！作孽呀！你剥了桃树的皮，它怎么活得了！”她弯下腰去捡桃树皮，一边高喊：“李华清（我大嫂），快拿块布来！”

我母亲和大嫂把桃树皮捡起来包在树干上，外面涂上一层稀泥，再用一块布裹在稀泥外，并用长绳绕树把布和泥缠在树上。她俩忙得满头大汗，头发蓬松。我下意识明白我闯祸了。我父亲也闻声赶来，把我牵到一旁。他抢先发声：“尹老九还是细娃儿，不懂事，莫怪他！”我吓得眼泪花转，半躲在父亲身后。

此后，母亲在那被剥了皮的包扎处天天给桃树干浇水。当晚，夜深无人时我偷偷去看那桃树，轻轻抚摸那剥皮受伤的包扎，悄悄在桃树根部撒尿，指望万能的童子尿能救桃树起死回生。

不多久，桃花一朵一朵地凋落，桃叶一片一片地坠下。地上有一片桃叶，就有我们家人的一声叹息；地上有一朵桃花，就有我们家人的一滴眼泪。那株桃树，开鲜红的桃花艳我们家久久，结香甜的桃子蜜我们家年年。我们伤心无奈，眼见它渐渐枯干了。有天夜里，母亲在桃树边焚香祭拜。乡里传说，桃树可以成仙。我在她身后呆立着，泪珠两行。母亲转身看见了我，我便向她扑过去，伤心大哭。她一手搂着我，一手抚摸我的头：

“记住，老九，桃树没有两条命，世上好事没有第二回。”

大自然劫难多多，灾害、瘟疫、战乱，还有人类有意无意的危害。网传，由于疫情猖獗，威尼斯河上多日没了贡多拉（游船），河水清了，鱼群游来，天鹅飞临。除了桃，我不知道自己还伤害过多少次大自然。回首今生今世，干过傻事，伤过亲朋，错过良辰，失过佳人。呼天叫地，祈求上苍，都没有给我再度送回。人啦，只有一条命，不作恶，好好活。好花不常开，人隔山万重，好好珍惜我们常处或偶遇的美景良人。

明明喜欢无心伤害，
桃花劫难耿耿于怀。

“有多少爱可以重来？有多少人愿意等待？”（摘自歌曲《有多少爱可以重来》。）

2020 年 3 月 23 日

恶竹应须斩万竿?

苏东坡说过，宁可食无肉，不可居无竹。白居易也说过，黄芦苦竹绕宅生。学学先贤，我便在阳台上栽了一排竹，让僵硬的混凝土住房平添些许雅致，使居家沾点诗人味。不料新竹凶猛，今春以来，每天竟长高二三十厘米，阳台容不下它们撒欢，只好把高出竹篱的冒尖高段剪掉。两三天后它们又长出两三尺，再剪，再长出。看来得剪第三次，甚至多次了。

没想到春天的竹子长得这么快，却想起了 1960 年和好友老许第一次去参观杜甫草堂。大门口有陈毅元帅题写的杜甫诗句的对联：

新松恨不高千尺，
恶竹应须斩万竿。

杜甫好想他新栽的小松树快快长高，讨厌那疯长的恶竹，巴不得把它砍掉。一恨一斩，爱憎分明。一个人因时因地爱一物憎一物可以理解。可杜诗这两句让老许和我都沉默了。百花园中，那年月要分香花与毒草，自1957年反右后，人也被分为左与右。1958年反右复查运动中，老许和我都被批斗。尽管我俩是全年级操行端正、学业名列前茅的优秀学生，挨批斗后就不再属于“高千尺”的培养对象，当然也就不能升大学，而被打入“斩万竿”之列。那个“斩”字叫人心惊肉跳，我俩游兴全无，灰溜溜地离开了草堂。

青松翠竹，人皆爱之。松竹梅岁寒三友，都是人们喜爱称道的植物。日长一尺，我一生见过的万物唯春天的竹子长得这般快速。不同人在不同环境下好恶有异，杜甫彼时彼地喜松恨竹也只得由他去。陈毅元帅题字却已超出诗人的本意，把阶级斗争也引入植物界，有的该高，有的该斩，令人叹息。

植物无言，或扶或斩听凭我们人类处置。人呢？可不能随便处斩啊，还得普度众生，有教无类，四海之内皆兄弟吧？

2021年3月25日

宁可不够，切莫过头

我对相声既不泼烦也不喜欢。但八十年代听过侯宝林大师总结的“宁可不够，不可过头”，却深以为然。过犹不及，我一生也有许多实实在在的感受。

1952年，一堂体育课教我们俯卧式跳高，我好喜欢。一个周六下午，约同班温其安、张道惕去体验，一连练习了三个多小时。之后一连四五天只能跛起脚脚走路，痛在脚杆，伤在心头。有资料说，职业运动员运动过度，平均寿命仅五十来岁。

1960年从成都坐（火车）慢车回重庆。车上卖食品居然不要粮票！灾荒年那时我已经饿得恍兮惚兮了，不信这天大好事，感觉依稀在梦里。于是敞开肚子，狼吞虎咽。恶果很快显现：肚子胀得难受，腹痛难忍，上吐不出，下泻不掉，坐也不是，站也不是……那是我一生肉体折磨最痛苦的几次之一。改革开放后油汤油水多了，我却坚守每餐八成饱，绝不暴饮暴食。才换得来大致健康的老年。

五六十年代社会亢奋。什么都要十二分，要拼命，八九分就是“右倾”，要遭批判。当下经济增长大谈保六（6%），1958年炼钢计划增产100%，把上年的535万吨增长到1070万吨。“大跃进”口号就是“苦干三年，少活十年，幸福万年”。还有什么矫枉必须过正、批判就得过头等等。主流意识都是强求过头。后果之一就是葱茏的大山被大炼钢铁、大砍树木剃成了光头。

1966年我成了家，“牛棚”门前冷落，罕有向来客敬茶的体验。落实政策后有客来访，敬茶时常添水满满以表敬意。满则溢，或浇主或泼客，场面尴尬。后才明白，杯水必须低于八分才是温良恭俭之道。八十年代当过七年编辑和书商，学会了书籍留白，留天头地脚，美化版面。若不留余地，过度编排，版面必斯文扫地。

1992年起，我搞制造业，笃信规模，大肆扩张，海内外最多时竟有23座工厂，投资过度。企业以新产品著称于市，尝到了创新的甜头，就不顾一切地研发。每年研发三四款新汽车，大力投入水冷、多气门、多缸、电喷、新材料、换电、车联网、无人驾驶等新技术。利润全部投进去，钱不够就大量贷款，大发债券。投资研发双双过度，埋下悲壮的祸根。在银根紧缩的大环境下，企业砸锅卖铁偿债，坠入深渊。我们在汗水、泪水、血水里一寸一寸地向上爬行，悔不当初投资过度、研发过度。当前，社会经济下行，一个重要原因就是众多行业产能过剩，危害国家深重。

世上万事万物都不可过头，连最神圣、最光辉的爱，过度了也会成伤害。不信你试试。

伟人说：

真理前进半步就成了谬误。

老家乡亲们讲：

碗米恩，斗米仇。

人不宜好，狗不宜饱。

（不觉写了九百七十余字，快过头了，打住！）

2019年12月27日

忆马

我没养过马，毕生骑马的时间总共不过四五小时。今天读书有感，俄然忆起马来。

我丁丁大点（丁丁，川谚，小小的意思）就喜欢骑竹马。小伙伴之间还要“赛马”，还要手执木刀冲杀，幻想万军之中取上将首级。老家街上的男娃儿都爱骑竹马，我们没有“郎骑竹马来，绕床弄青梅”那种雅缘。但是老家新妙场的马帮有二三十匹驮马，大户刘家和甘家各有一匹赛马。驮马的辛劳，赛马的矫健，吸引着我们这些男孩子。

民国时期，新妙镇经济自给自足。随着马帮的出现才有了“进出口”贸易，才商业兴起，生活向好。出口的大宗商品是草纸、桐油，进口商品主要是洋货：洋布（机织布）、洋油（煤油）、西药等等。赶场天是交易日，马帮不出动。寒天，即不赶场的日子，马帮就向三十里外的长江边石沱镇码头运去“出口”货物，运回“进口”物资。天晴落雨，打霜下雪，驮马概不停歇。1952 年我学了《山间铃响马帮来》这首歌，一直唱到今天，心中不舍那支家乡的马帮。

小时候我最感兴趣的是钉马掌，在马的掌上钉上两三毫米厚的马蹄铁。从大人处得知，马行千里，蹄子穿上这“铁鞋”才不打滑、不伤蹄。铁马掌磨损了还要换新的。钉马掌时两个大人操作，把马的一只蹄子抬起来，用刀、撬、钳等铁器，拗下磨损的旧马掌，削去不平的马蹄面。削下的马蹄面一片一片的，蹄质有点像我们人的指甲，我去捏过，硬中带软。然后把新的铁马掌用铁钉钉上，马掌中间有几个孔，留给钉子的。那钉子可是用榔头使劲敲进蹄子里的。

我想，刀削蹄皮，钉子钉掌，马不痛吗？我不安地去观察马，它的目光是那样安详，体态那么安稳，看不出它有疼痛的感觉，我才放心了。后来学动物学，才知道马蹄下端，非骨非肉，正是人的指甲那种角质，厚厚的，七分硬，三分软，适宜于钉掌，也需要钉掌。

1962 年我在厂办农场劳动，农场有一匹白马，帮农场驮东西。我常经过马房才知道它睡觉也是站着的。站着睡得着吗？我莫名地为它担心。那时节，我才想起马为人干了多少苦活，包括战场上为人冲锋陷阵。“做牛做马”是人间描写命苦的词。我仔细看那匹白马，发现它还是我儿时看到的那样，目光安详，无怨无诉。我心生怜悯，常常去抚摸它的鬃毛。它总是友好地、安详地看着我，有时马蹄轻轻点地，似乎在向我招呼。

有一天，场友告诉我，白马老了，病了，不久于世了。我特地去看它，见它被一个大肚兜兜着，布兜的四个角用绳子吊在屋梁上，帮助它站着。有人告诉我，马不能倒下，倒下很快就会死。终身站立不倒这是一种什么样的生活习惯？我和白马对视，它的目光依旧那么安详。我却忍不住掉过头去，怆然离开了马房。后来，农场舍不得这笔财产，喂了它麻药，蒙上它眼睛，把它杀了。大量马肉送回厂里，农场十几个员工，午餐给每人二两马肉。我不忍下咽，有人用二两米饭和我作了交换。

老家新妙的大马夫、小马娃中我有一个相好的小马娃。他爱他的马，遇到返程无货驮，他也步行不骑，让马轻松轻松。返程途中，小马娃有时并不跟着马走，跑来和我们一起玩。他说："马晓得回家的路。"

今天，读《卡拉马佐夫兄弟》，读到"每一只甲虫、蚂蚁、金色的蜜蜂，虽然没有头脑，却无不认得各自的路，真令人吃惊；它们的行为证明，上帝的奥秘确实存在。"这句话，令我想起了小马娃告诉我的马识归途，便动起笔来。我不知道上帝是否存在，却忆起了马的识途、辛劳和善良。

2019 年 12 月 14 日

我和公共交通的故事

2021年12月7日。早饭后，我站在阳台上俯瞰黄花园大桥。桥上车水马龙，多辆公交大巴特别显眼。一数，双向共20辆。大桥长度1200多米，单向平均每120多米就有一辆大巴。

1947年春，我九岁，第一次从乡下来到重庆城。当时，主城只有一条公交线路，从朝天门旁的过街楼到曾家岩。车不大，相当于今日中巴。靠边有条凳，乘客站多坐少。我平生第一次“开洋荤”坐汽车，只见路边的行人不向前走，个个都向后退，我觉得好稀奇，好稀奇！

1948年秋，我在化龙桥复旦中学念书。那时途经化龙桥进城有一条郊区公交线路，跑这条线有三类车：公交公司、巴县汽车公司和校车。校车站在苍坪街，今五一路。校车也是社会营运车，多漆成油绿色，在前额上印有白色的约半米见方的两字校名，如“重大”（重庆大学）、“重中”（重庆中学，今七中）、“教院”（教育学院，后二十八中地址）等等。站在化龙桥车站等汽车，平均要二十多分钟才等得到一辆，等得人心烦气躁。

那时，重庆有两条马车线路：化龙桥到牛角沱和化龙桥到小龙坎。马车票价与公共汽车、校车相同，速度稍慢，但人人有座。一辆车一驾马，车斗两排座，每排三人，马车夫坐前排中座，载客五人。座位较干净，马颈项上挂有一串响铃，跑起来铃声清脆悦耳。乘坐马车边兜风边听响铃，那是我天真童年的一种享受。

1948年的一天，有个警察在化龙桥马车站搭霸王车不买票。两个复旦学生便和警察理论。警察傲慢，学生血性，双方发生抓扯。那警察连同车站上值勤的警察把一个学生抓进了派出所。另一个学生便跑回学校高声喊叫："派出所抓了我们同学！""派出所抓了我们同学！"

赓即有几十上百同学冲出校门向派出所奔去。那一刻我正在校门附近玩耍。听见同学被抓，眼见大批同学奔跑，我不假思索便追随他们跑向派出所。上百中学生聚集在派出所前，齐声高喊："放人！放人！放人！"围观的群众越来越多，有人也跟着学生一起喊放人。不久派出所便放了那位同学，同学们簇拥着他走回学校。那时我才十岁，大概是学生中最小的一个。我扯起喉咙喊放人，拍痛手掌庆贺同学的释放，童心不晓世事，但深深感到学生们动起来就像狂暴的潮水。

1949年秋，我在南岸四公里西南中学念书，整个南岸区没有一辆公共汽车。师生进城全都步行。有高年级男生教我扒过路的货车。那时的货车都是老旧破车，上坡速度比人快不了多少。我很快就学会了在上坡路段爬上和跳下行驶中的货车。十一岁小子无知无畏，图便车的方便赌上生命安全，后知后怕。

1982年初，我被重庆出版社招为编辑。我家那时住小龙坎，离出版社有六七公里远。家在公交车站附近，上班时搭车方便。下班回家，出版社在中途站，很难上车。为了多编稿，也为了避开高峰，我几乎天天自动加班，晚上九、十点钟才搭车回家。挤了两年多公交车。是的，那叫挤车，不叫坐车，凭力气才能挤上公交车，扣子挤掉过，衣服扯破过，身体被挤压过。幸亏我身高1.83米，头能高出拥挤的人堆，呼吸无碍。腰板被挤得直直的，七老八十了，腰还不弯，未必不得益于公交车上的拥挤。很难想象老人、女士和小孩们的挤车感受。

上世纪九十年代初，我办了企业，个人有了自备车，不再去挤公交。企业大了，仅在重庆就有六座工厂。我知道有些员工无自备车，有些家离公交车站较远，我能想到他们等公交和挤公交的种种滋味，便决定租用公交公司的大巴接送员工上下班，二十多年如一日。多时多达30辆，年支出几百万元。路程虽有远近，有员工告诉我，有交通车上下班他们心不慌。

今日重庆已有800多条公交线路，还有四通八达载客众多且准时准点的轻轨，还有许多出租车、网约车。公共交通发达，群众出行方便。真是：

公交衰，众生苦；
公交兴，众生福。

2021年12月12日

报应?

——北泉公园变迁记

五一假期中有亲友告诉我，北泉公园五月一号又对公众开放了。这，令我又惊又喜。

民国时期重庆风景区不多，最佳当数南温泉和北温泉（之后称北泉公园）。新中国伊始，陆续打造了许多新风景点，但五十年代两温泉依然是重庆景区的前两名。

1956年我念高中一年级，4月学校放春假，班主任喻老师决定组织全班同学北泉游。那时学校着力培养学生不畏艰苦，加之公共交通不发达，自然地六七十里路全体步行。早上八点出发，下午四点多钟才走拢。好几个女生都走得一瘸一拐的。可我们谁都没有抱怨，因为第二天游北泉公园，第三天登缙云山，两地风景实在太美了！

北泉公园于1927年由著名的爱国实业家卢作孚先生打造，中华人民共和国成立后又经过大力整修。公园位处嘉陵江温塘峡的峭壁上。嘉陵江有峻峭美丽的小三峡：温塘峡、沥鼻峡和观音峡。峡江里绿水奔流，峡壁上公园里苍松翠柏，怪石嶙峋。时逢春天，百花盛开。又逢革命年代，机关、工厂、学校基本不栽花。从少花的校园进入繁花锦簇的大公园，乐坏了我们，尤其是蝴蝶般的女生们。哪个少女不爱花！公园内还有一条百来米长的石灰岩地下溶洞，名乳花洞。幽暗和难免意外激发了少年们的好奇心，我们弯着腰手拉手钻进了洞里。大家互相提醒，互相扶助，课桌上划的“三八线”在这里消弭于无形。

重庆市被国际权威机构授予“世界温泉之都”的称号，这称号世界仅两，另一是匈牙利的布达佩斯。传说重庆城挖地九尺便温泉突突。当下我市已有众多的温泉景区和温泉宾馆。但上世纪五十年代，对公众开放的仍然只有南北两温泉。

北泉公园内有一个 25 米长的温泉游泳池，一个 20 平方米左右的温泉泡池，还有一些室内的单间的温泉浴缸。我自幼酷爱游泳，1953 年因下河游泳违反校规受过处罚，两三年没在浪里翻腾，水鸭儿憋成了旱鸭子，一见温泉便饥不择食地扑进水中。我不停地游水、潜水、跳水，一分钟都没停过。如果不是集体午饭的时间到了，我不会上岸。

2010 年 4 月，由北泉公园改建的柏联酒店开始营业。从酒店开建时起公园就关闭，不再对公众开放。据说群众多次强烈反映：不可化公为商，有关人员置若罔闻。园内有一座古庙温泉寺，也属拆建之列。是方丈和尚手执禅杖，堵住山门，以死抗争，才保留下来庙的主体，但仍有部分房屋和土地被酒店吞并。

我曾专门去考察过柏联酒店。它建在傍江依山的树林花丛中，每间房都是独栋小别墅，每间房内均有一个十来平方米的温泉浴池，确实高档。每天每房入住费六千元。我停车时亲眼看见酒店保安赶走游客，不准停车，不准游玩。还亲耳听见游客咒骂:“霸占公园，定遭恶报！”那晚，我一反常态睡不落觉，恍惚担心睡梦中房屋倒塌。

近年来政府顺应了民心，还园于民。经过一年多的改建，北泉公园于今年五一节重新对公众开放。这消息使我惊喜莫名，旧园新貌召唤我去故地重游。

霸占公园改为营业性酒店，据说得到了那时市区两级个别领导的支持。市委某书记、市政府分管旅游的某副市长和公园所在地北碚区委某书记后来都因贪污受贿锒铛入狱。酒店老板赚大了，夫妻携幼子一家三口畅游法国，还买下了一座酒庄。父子俩租了一架直升机去考察酒庄的葡萄园，飞机失事双双殒命[1]。霸占公园不信天理的官商中，有五人遭报应，三牢二死，难道苍天真的有眼？这个报应太奇特了！

因果报应并未得到科学的证实，一如抬头三尺有神明未得到验证那样。可世上尚未证实的奥秘何其多矣。人海中，不相信报应的估计不到一成；相信报应的有四成左右吧；五成以上的人虽不全信却希望善有善报、恶有恶报。我也寄予了希望。

男男女女，
人千人万，
哪一个不说是天理昭彰，
报应不爽。

（摘自《说岳全传》。爽：差失）

2022年5月4日

[1] 三官员落马有官方的公开报道，酒店老板父子坠机有网络消息。

投降不缴械

——老人的心态与实践

年老是一场意外，突然降临，不先预警，不循序渐进。老人们不习惯，不服气，难顺从，多拒不臣服。

我二哥老不服老，爱动，不慎一跤摔得颅外颅内出血，九十而终，本属寿终正寝。若不摔，他能活一百岁。我也曾老不服。七旬时放话：

谁说七十古来稀，
人生百年余三十。

八十开外了还嘴硬：

一个老汉八十八，
走不动就满地爬。

抵抗数年，弄得自己疲惫不堪，心神不宁，动辄喊累，连刷个牙都要停顿几次，喘气。

几年挣扎，渐渐明了老人得服老，得顺其自然。向岁月低头不耻，向时光投降不羞。行动思维，宜轻、让、徐、缓。身体运行多年，我们的血管变硬变窄，供血困难，行走立坐都得缓一些。食管和气管间的“转换开关”老化迟钝，小啜徐饮防呛。胃肠蠕动乏力，细嚼慢咽防嗝食。意识不新，反应不灵，不可作口舌之争。接受城下之盟后，几年下来，不说身体强健，也算气定神闲。

“投降”服软应当，但我们先天恩赐、后天挣得之“械”不能缴。《三国演义》中，曹操猛将夏侯惇，交战时左眼被敌射中，拔箭时带出眼珠。乃大呼曰：“父母精血，不可弃也！”遂纳于口内啖之，复挺枪纵马再战，勇杀放箭之敌。壮哉，夏侯！吾辈的头脑、四肢、五官系天赏灵物。无论多老，双脚得走，两手得动，头脑得活，五官得用。平常些，理理起居，做做家务，弄弄花木，打打麻将；高雅些，吟诗作画，弹琴唱歌，打拳跳舞。

身体发肤，受之父母，得惜；
四肢五官，苍天赐械，得用。

老了，肢体脑筋虽然用得缓，用得少，但因常用，也还管用。余八十有五了，耳还聪，目还明，背还直，牙还能嚼油炸胡豆。何时仙游，无忧无虑无惧；械不缴且常用，兴许仙游前口尚能饭，手尚能动。

衰老亘自然，

顺势心宁安；

投降不缴械，

风和日丽天。

2022年7月2日

我的人口观

7月11日是世界人口日，联合国发布《世界人口展望2022》，说明年印度将超过中国成为世界人口第一大国，惹得我也来谈谈人口，个人角度，非专家、非官方。

卢沟桥事变后半年，我降生到这个世界。幼儿时我多次听人说：“四万万同胞联合起来，打倒日本帝国主义！”那时我不识数，不懂四万万。念小学了，我才明白四万万人是很多、很多、很多人，才知道我们中国人口世界第一，小日本打不垮我们。当日寇东面打到湖北三斗坪，南面打到贵州独山，逼近战时首都我们重庆了，小时候我还是相信中国不会亡，我想我们有世界上最多最多的人，打不尽，杀不绝。

解放了，我最早学唱的革命歌曲之一是《跟着毛泽东走！》，歌中唱道：

五万万个人，
十万万只手，

高高举起钢铁般的拳头，
打死卖国贼！
打死吃人的野兽！
……

十万万个拳头令我自豪久久。

新中国初期，向苏联“一边倒”，一切都学苏联，包括鼓励生育。我国也宣传苏联的“母亲英雄”，当时流行一首好听的苏联歌曲《五个女儿五朵花》：

集体农庄有位可爱的老妈妈，
谁都知道她的名字叫瓦尔瓦拉。
过生日女儿们都同去看望她，
姑娘们快乐地回娘家。
这位老妈妈真正是福气大，
来了五个亲生女儿五朵花。
……

毛主席说：“只要有了人，什么人间奇迹也可以造出来。”那些年我的人口观就是越多越好。

平反冤假错案后，原北大校长马寅初落实了政策，他因主张限制人口而被错划“右派”。他说，物资按算术级数增长，而人口按几何级数增长，到某个时候，地球便养不活这么多人。我当学生时数学成绩非常好，懂得这两个级数数列发展下去差距有多恐怖。于是我也认定人口总量得减，于是我成了计划生育政策的赞同者。

谚语说“人少好过年”，人口是负担。眼看我国人口蹭上十亿、十几亿，我不以为喜，反以为忧。我相信计划生育，我认为人口越少越好。

近年来，我国的生育政策在慢慢改变。一国的总和生育率达到 2.1（每个妇女一生平均生育 2.1 个小孩），该国的人口数才不会减少。可是，我国的出生婴儿数在减少，1987 年为 2508 万，2021 年降到 1062 万。2020 年我国总和生育率已降到 1.3（以上系官方数据），未来人口必然减少，会失去几千年人口第一的地位。有专家测算，到本世纪末，我国人口将减少到八亿。所以政府放开了二孩，鼓励生三孩。

谚语说“人多好种田”，人口是资源。人少了制造业大国就难以为继。我们的人均 GDP 还处于中等水平，人口减少也难保经济增长。我国经济高速发展，专家说，其中一个重要因素是人口红利。1992 年我开办力帆企业时，员工最低工资月仅 120 元，现今最低也两千多元了。企业享受了巨大的人口红利。市场实践告诉我，人口多处市场大。所以我在非洲设商务处，首选人口最多的国家尼日利亚。苏联大作家爱伦堡的《欧洲的毁灭》我印象极深。小说预言，随着生育率的持续下降，到最后欧洲人口净增长率减少到接近〇，辉煌耀眼的欧洲毁灭了。于是，我的人口观又回归到还是多才好。

我的人口观多—少—多的转变，符合认识论的规律吗？想起了刘少奇同志的论断：“什么是正确路线？时左时右就是正确路线。”我们在走前人从未走过的路，向左向右都是试探。一旦碰到大障碍，我们就转换方向。人口政策也是如此，我们找不到前人的经验，是多是少也只能探索前行。撞了南墙便回头，就能走向光明。

什么是正确的人口观？时多时少就是正确的人口观。人口政策不必争第一，向民富国强的方向不断调整。

事先调整乃先知，
途中顺势亦俊杰。

2022 年 7 月 1 日

客观一半，主观一半

年老了，我们体力衰了，意识弱了。由于主体衰弱，自然地，认识便侧重于客观存在、客观规律。于是，我们更明白了宇宙浩瀚，时间无限，更知道了自身渺小，生命短暂，与蝼蚁、尘埃并无二致。这种客观认识当然正确，但难免令人无奈，令人抑郁，令人悲观消沉。

年轻时，恰同学少年，风华正茂，浑不知天高地厚。那时我们的意识几乎被主观情感、主观思想主宰。坐井说天阔，立志干大事，轻则成名成家，重则安邦定国。在无人旷野里嘶吼：老子天下第一！这种主观意识虽说狂妄，但它能催人奋进，使人斗志昂扬，乐观向上。

年龄不同，主观客观侧重不同；成败不同，主观客观侧重也不同。

受挫失意时，我们才明白或者更明白客观环境的强大，一己之力的脆弱。宽慰自己说什么时运不济，感慨“万般皆是命，半点不由人”。甚至放弃了奋斗，放弃了东山再起。极端如西楚霸王，虽力拔山兮气盖世，却哀叹“虞兮虞兮奈若何”而自刎乌江。

成功得意时，我们强调主观能耐，天生我材必有用。主观膨胀，一肥遮百丑，自夸“除肚脐眼外，浑身疙瘩都没有一个”。极端如牟其中先生：“没有做不到的事，只有想不到的事！”这种豪气干云的主观意识有时会导致冒险失利，有时也能鼓舞斗志，乘胜前进。

客观与主观各自是认识的一面。客观使人冷静清醒但易诱发悲观，主观使人兴奋冲动但能导向乐观，各有其优劣。可惜——可惜，任何时候我们都做不到客观一半，主观一半，优势互补，四平八稳。人啦，免不了年老时客观一些，年轻时主观一些；失意时客观一些，得意时主观一些。

朋友，为什么我们不调整一下主客观的倾斜度？年老时我们向主观倾倾，年轻时我们向客观斜斜；失意时我们向主观斜斜，得意时我们向客观倾倾。

客观主观调斜倾，
也无风雨也无晴。

附记

笔者老矣。说到客观主观，只能从自家年老年轻、失意得意的感悟谈起，无力从哲学上讨论，更无力提到唯物、唯心的哲学高度。

2022 年 8 月 12 日

爽快与计较

近乡情怯，过镇意浓。

昨天车过故乡新妙镇，一山一溪、一草一木都引起了我许多回忆。

我十四岁半离开老家，再也没回去长住过。其间有一年多我在外求学，在老家生活大约五千来天。可我对故乡的深情、对故乡的眷念不可以用百千万亿这些数字计。多年来为故乡做事我是爽快的，但也有过计较，留下愧疚。

有一年，书记、镇长找到我说，镇里计划建一座公园，上报区政府已获批。

“好事呀！”我说，“从古到今我们新妙场就没有公园。居民们应该享受城镇化的成果。计划建在哪里？”

“镇边上，适园，刘伯承元帅养伤的那个适园。”书记说。

“好地方，计划要多少资金？怎样筹措这笔钱？”

“总投资八百万元，计划市、区、镇三级政府各出两百万元，你们力帆集团可不可以捐两百万元？”镇长问我。

“可以。”我爽快地答应了，心想今后回老家就可以约几个故交旧友去逛老家新园了。我们很快便和镇里签了捐赠协议，汇去了款项。

一年后我回老家专程去看了适园。与刘伯承元帅纪念馆相望，有池塘、亭阁、花草、树木和木条铺设的好看好走的栈道。我大体称心，只觉得少了些花木。有乡亲私下告诉我，政府只出了地，钱也只花了两百万元。看着已建好的公园，我笑了笑。事后我对镇领导说，我们企业再捐五十万元，专用于添置和栽种花木。听乡亲说，今年桃花盛开，落英缤纷，游人大增。

有一回我去我的母校新妙中心小学流连，有校长相陪。这所小学民国时教学有方，声名远扬，渣滓洞牺牲的陈然烈士曾任教本校，教过我唱歌。邻乡邻镇有许多小孩被送来这里上学。校长告诉我，当下小学依旧显耀，仍然有许多外乡外镇的家长送小孩来校上学，镇上还出现了学区房。学生逐年增加，教室不够用，经镇上调剂，毕业班小学生全部去邻近的涪陵十中借教室上课。

校长说，学校还有空地，可以建一栋更大更好的教学楼，大约要六百万元，希望政府和你们力帆各出一半。由于有公园建设的先例，我犹豫了一下说：“力帆出一半没问题。你们报批获准后，政府的拨款到了，我们的捐款一定到。”

去年我回老家，新的教学楼成了空中楼阁。上级未批准，政府拨款便没着落，我们的捐款也没汇去。如今力帆经过增资重整，我已从控股大股东变成了第三股东，不便向企业建议作这笔捐赠。

要是我像捐建公园那样爽快，先划去三百万元，兴许会拉动政府出资建成大楼，即使官资不到，也可建成小一点的教学大楼。爽快人园双悦，计较人楼两憾。正是：

爽快，桃花满园；
计较，楼阁成空。

2022年8月16日

四度染疫庆余生

疫情千日，忧思万种，思想起一生四度染疫，不胜唏嘘。

愚双亲共生育12个子女。民国时期乡坝头缺医少药，随时有传染病流行，社会不知防疫为何物。我竟有八个兄姐夭折，仅有四个长大成人。身为儿童，我也在旧时代患过三次传染病，不堪回首。

小学三年级时，同桌叫陆守仁，他被传染上瘌痢疮，满头癞疤癞卡，不忍卒睹。有一天我头发痒使劲挠头，母亲把我拉近身旁查看究竟，发现了一粒豆大的瘌痢疮。她立即带我去剃了光头，在中药铺买来药膏给我涂上。怕影响观瞻，给了我一顶漂亮的瓜皮帽。天天洗头，搽药，大约一个多月后才好。凡生过癞痢疮的那块头皮，“寸草不生”，光亮如灯泡。后来，我头上仅有一块拇指甲盖那么大的光疤，不长毛发，头发稍长，疤不可见。若不是我娘下手早、下手狠，真不知我的头会光秃到什么模样！

小学四年级，我被传染，大面积长了疥疮，川渝俗称干疮。它主要长在四肢上，奇痒，溃烂流脓，好了又发，很难断根。谚语说，“干疮夹脓泡儿，三年好一个儿，一年再长十二个儿”。它是一种皮肤顽疾，民国时期在军营里广泛流行，我们小学患者不少。

我母亲打听到一种单方：用硫黄块在菜油碟里研磨，把小葱头焙干磨粉调入油内。疥疮化脓时既痒且痛，搽药时一碰我就叫唤。我娘改用软软的鸡毛蘸上药轻轻抹在我的疮上。每天抹三次，每次抹半小时左右，抹了大半年。好多次她都抹得额头上汗珠直冒。七十多年了，我还记得她头上冒汗、手持鸡毛轻轻为我抹药的那个样子。

大约九岁时我被传染上了天花。高烧头痛，几度昏迷，不久浑身长出豆大水泡，脸上特多，奇痒。抓破一个就会留下一个麻坑。民国时天花流行，麻脸人城乡随处可见。

我母亲二十四小时守护在我身边。她担心我发痒抓破水泡，便把我的食物去盐，传说吃了盐会更痒，连榨菜丝都要水泡一夜，再用布包着放在乳钵里舂捶，尽量挤干盐分才让我食用。母亲用布带把我双手捆在身后，安慰我说：“尹老九，不要抓脸，忍几天！抓破了长一脸麻子，长大了娶不到漂亮媳妇。”

天花死亡率高，我不知是怎样死里逃生的。只见母亲眼熬红了，脸熬青了，人熬瘦了。我脸上的水泡未抓破，水泡蔫后只留下浅浅的白麻点，几年后完全消失。爱开玩笑的一些同学，知情后给我取了个外号“二麻子”。

中华人民共和国成立伊始就注重防疫，1950年施行免费种牛痘，我加入宣传队在大街上表演莲花落：

张大嫂，李大哥，

快教你幺妹莫要梭[1]。
种了牛痘人不错，
长了麻子嫁不脱。

新社会少有传染病大流行，但 1955 年流感流行，我又染上了，那时我在重庆一中念初中三年级。有一个夜晚两千多人的学校病倒了三四百人。次日清晨学校宣布紧急停课，市里派来了一百多人的医疗队。上午九点多钟，我感觉头痛，医生一验体温，39.8℃，立即隔离。学校将两幢教学楼临时改为隔离病房。我进了病房后，吃药、打针、喝水、吃饭、换衣、上厕所均有医护人员照料。学校有六百多名师生感染，全校人人戴口罩，治疗、防护、生活井然有序。一个星期后疫情就结束了，感染者痊愈出病房，再无新感染者发生。全校未死亡一人，只是听说一墙之隔的重庆水利学校死了一个。

四度染疫，在痛苦中煎熬，在死亡线上挣扎，我明白了传染病大流行有多么恐怖。在旧社会我三度染疫，除家人外没有任何组织过问过。这次新冠大流行，全国总动员，全民免费核酸检测，全民免费打防疫针，快速修建方舱隔离医院…… 重症率极低，死亡率更微。真是新旧社会两重天，换了人间。

2022 年 8 月 18 日

---

[1] 梭，四川方言，溜开的意思。

读后观后

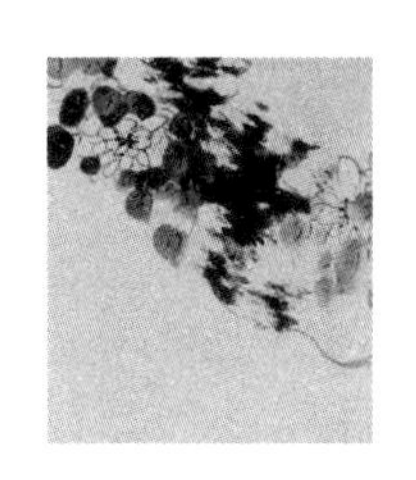

历史的天空

终于找到了一种非常适合我养老的生活方式——手机读书。手机里供读的书籍如浩瀚汪洋，或听或读由人选择，字大字小随意调整，疑难字词可当页查询。年老无力的手已难以握住书卷，手机恰恰又轻又巧。

历届茅盾文学奖获奖作品中有许多精品，打算选一些来补读或复读。小说《历史的天空》引起了我强烈的关注，而根据同名小说改编的电视剧深深打动过我，那是2004年播出的。十多年了我一直觉得此剧非常好，好在哪里记忆已经模糊了。于是在手机上读完了这部小说，又在优酷上重看了这部电视连续剧。

读小说和重看电视剧之前我问自己，十多年念念不忘《历史的天空》，是什么穿透了历史并久久地留在历史的天空里？主人公们的丰功伟绩我记不清了，可男女主角姜大牙（小说叫梁大牙）和东方闻音那场生死恋情始终萦回在我的脑海中。

十多天来读此书和看此电视剧，主人公们在抗日战争、解放战争和抗美援朝战争中的勇敢、智慧、战功深深打动了我；

党内斗争你死我活叫人瞠目结舌；但是，令我惊奇、疑惑、痴笑、欣赏、动容、流泪、伤痛的，还是姜大牙和东方女的奇奇特特、甜甜蜜蜜、生生死死的恋情。他俩门不当、户不对，粗鲁汉子与精致女生，阳刚与阴柔，朴素抗日信念与清晰的革命意志，相互欣赏和生死救援，情一点一滴地渗透，爱一分一寸地积累。战争残忍地让女政委战死，让男旅长发疯；男子当上将军后来祭坟，号啕大哭："我的小政委，我的小妹妹……"我的眼泪像开了闸的洪水，与姜大牙同悲，与姜大牙同哭。革命浪漫主义的柔情穿透了历史的天空，成了历史天空绚丽的一页。（也仰赖张丰毅和殷桃精妙绝伦的表演！）

这祭坟的画面，令我想起古老传说中的祝英台祭坟和化蝶："有灵有圣墓门开，无灵无圣马家台。"浪漫主义的柔情，无论是革命的还是古典的，都化作历史的天空。

也许你不知道，中华人民共和国较早的彩色电影就是1953年冬拍摄的戏曲片《梁山伯与祝英台》。次年，中国第一次以五大国之一的身份出席了日内瓦会议。周恩来总理携带此片去招待各国与会代表和记者。工作人员担心西方观众看不懂，撰写了十五页的英文剧情说明。总理笑着说，不必，只需在请柬里写上"请观赏中国的《罗密欧与朱丽叶》"。放映时观众如痴如醉，不时爆发阵阵掌声，还可听到感叹和哭泣。当时定居在日内瓦的喜剧大师卓别林，看了此片后特地向周总理致谢，并说他感动得掉下了眼泪。

英国大文豪莎士比亚的《罗密欧与朱丽叶》和中国的《梁山伯与祝英台》，一同永远地留在了历史的天空。世界上多数人并没有记住大英帝国日不落——太阳永照——的辽阔版图，也没记住那日不落的天空。

青年时我读过《拿破仑传》，只依稀记得他那集中优势兵力各个击破敌人的运动战。但最令我称道的则是法国文学中充满柔情蜜意的《茶花女》和倾诉人道真情的《悲惨世界》。

无情的铁血宰相俾斯麦，名字倒有印象，事迹早已忘却。但同样是德奥的深情的贝多芬的交响乐和施特劳斯的圆舞曲却千古流传。

久久地回荡在历史的天空，铁血不及柔情。问世间情为何物，长留在人心上、天空中、历史里？

2021 年 2 月 25 日

（推荐大家再看多次获奖的电视剧《历史的天空》，非常好看！有大导演高希希和大演员张丰毅、殷桃、李雪健、林永健、于和伟、孙松、李琳等，阵容豪华。）

厂主不看《子夜》

480页的《子夜》[1]我读了半个多月。或开卷惊悚，或掩卷叹息，读读停停。缘于我开了几间工厂，读到书中工厂主们的艰辛，触景伤情，酸楚楚，悯恻恻。

茅盾先生说，他写这本书，是想“大规模地描写中国社会现象”（477页）。他说书中“描写买办资产阶级与民族资产阶级的部分比较生动真实”（479页），最生动真实的当数工厂主吴荪甫。

吴老板“是办实业的，他有发展民族工业的伟大志愿，他向来反对拥有大资本的杜竹斋之类专做地皮，金子，公债”（289页）。他有胆识，有能力，“他那眼光里燃烧着勇敢和乐观的火焰。他这眼光常常能够煽旺他那两位同事的热情，鼓励他们的幻想，坚定他们的意志；他这眼光是有魔力的！”（292页）。在大家族内和业界，吴三爷都有很高的威望。

他开办了一家较大的丝厂，在家乡开有发电厂，后联合王和甫与孙吉人成立金融性质的益中公司，并购了八家小厂。他还打算用金融支持一些濒临倒闭的小工厂。他是一位实业报国的民族资本家。小说描写了他风光无限的成功，更写了他丢盔卸甲的失败。

首先是国外强势的垄断资本的打压。火柴厂主周仲伟说："瑞典火柴托辣斯……利用舶来火柴进口税轻，源源贬价运来，使我国成本较重之土造火柴无法销售。……吾国土造火柴商人，资本微薄，难敌财雄势大横霸全球之瑞典火柴托辣斯，因而我国火柴业相继倒闭者，几达十分之五有奇。"（403页）吴荪甫生产的丝也抗不住日本丝的竞争。

买办金融资本压榨工业资本也毫不留情。李玉亭教授说："金融资本并吞工业资本，是西欧各国常见的事，何况中国工业那么幼稚，那么凋落，更何况还有美国的金圆想对外开拓——"（174页）火柴厂周老板说："金融界看见我们这伙开厂的一上门，眉头就皱紧了。"（64页）买办金融家赵伯韬有帝国主义资本撑腰，可用大把大把的钱收买作战的军阀假败或假胜来操纵行情的涨跌，来压榨工厂主。

工厂主们自身也问题多多。首先是人才缺乏，"幼稚的中国工业界前途很少希望，单就下级管理人员而论，社会上亦没有储备着"（125页）。企业亏损了，他们就减薪裁员，让工人饿肚子，工人被迫罢工。老板不厚道，员工咋地道？

到最后，"留给荪甫的路就只有两条：不是投降老赵，就是益中公司破产！"（432页）。书中的几位办工厂的都失败了。吴老板的伙伴王和甫不得不悲愤地骂："算了罢，他妈的实业！"（39页）

《子夜》描写的是民国时期的厂主，且把他们称为中国的第一代工厂主。中华人民共和国成立到改革开放前的，算第二代。政府的政策是“限制、利用、改造”第二代，最后用公私合营改造了他们。改革开放四十年来的我们，是第三代工厂主。有了公有制为主体，多种所有制经济共同发展的基本经济制度，使我们这一代工厂主成了幸运的一代。我们发展速度之快，前无古人。

当下，由于民企相对薄弱，由于金融对实体工厂的抽头，由于房地产的挤压以及生产要素成本的高涨，第三代工厂主又面临新的困难。读着《子夜》中厂主的坎坎坷坷，我为前辈神伤，我为同辈心忧。

书中说：“现在是午夜十二时了，工业的金融的上海人大部分在血肉相搏的噩梦中呻吟。”（423 页）这大概就是本书取名“子夜”的缘由。本书展现了二十世纪三十年代的中国社会，还描写了共产党领导的工人罢工和农民暴动，是中国现代文学史上的不朽篇章。因之，茅盾先生在中华人民共和国成立后，荣任中国作家协会主席和文化部长。

我国民间说：

少不看《水浒》，
老不看《三国》。

可否续一句：

厂主不看《子夜》？

2020年4月16日

[1] 系人民文学出版社2009年出版的《子夜》。

我哭，为三个女子

——读《家》时

前言：读完一本书后总想和文友随便聊点什么，那算不上正儿八经的读后感。《家》是本大书，写读后感需花大力气，当下我有心无力。《家》是本老书，有兴趣的人大多老了，我无意去讨没趣。

巴金的大作《家》没写阶级斗争，没谈工农兵，所以几十年来没有多高的评价。可是，上世纪五十年代前半期，我们在校的青少年都读过《家》。据说，三四十年代读它的人更多。

我大约是1953年读的。当时年幼无知，我只把它当作爱情小说看，只留心了三个爱情故事：觉慧和鸣凤、觉民和琴以及觉新和梅表姐。后来长大了，读过些评论文章，看了电影《家》中孙道临、王丹凤、黄宗英、张瑞芳几个大腕的演绎，才明白《家》主要是描写封建大家庭的崩溃，或者说封建社会的崩溃。

年老有闲，我想系统地读一些名著，自然少不了《家》。身为叟，只为了欣赏而读，不似文学青年那样费脑筋去研究它的主题、结构、人物。随兴而读，随读而兴。这次读完，不料竟哭了三场。（1953 年愚属革命接班人，读它可没掉泪。）

一哭鸣凤。十七岁的纯真美丽的丫鬟，被迫嫁出去给一个卫道的老头子当小（做妾）。逃不脱魔掌，又没有勇气直接要求相互爱恋的三少爷觉慧保护，被逼投湖自尽了。不平等的老爷、奴婢，森严的等级杀死了她。作者把鸣凤的美、初恋的甜和结局的惨描写得很真切，逼出了我的眼泪。

二哭梅表姐。她和觉新大表哥郎才女貌，门当户对。郎情妾意，本属美好姻缘，仅仅因为两人的母亲关系恶化，梅的母亲拒绝了男方家的提亲。从父母之命随后嫁入不乐意的夫家，一年多后守寡，再遇当年情郎，悔深似海。婚姻不能自主，使美女、才女、多情女郁郁寡欢，吐血身亡，我忍不住掉下泪来。

三哭瑞珏。她温婉贤淑，贤妻良母，夫妻和谐，儿子乖巧，和觉新、海儿构成极温暖的小家庭。她是绝大多数男子理想的妻子，是旧时代先结婚后恋爱的典范。不料生二胎时因祖父尚未下葬被迂腐蛮横的长辈赶到生产条件恶劣的城外乡下，难产而亡。我哭她命运不济，哭那时医疗条件太差，毁了一个温婉可人的女子，不知不觉中泪已成行。

一哭封建等级杀人，二哭包办婚姻毁人，三哭医疗落后害人。巴金先生写《家》时只有二十七岁，就有了大赚读者眼泪的文笔。他没有简单地、概念化地写等级、婚姻、医疗条件差的危害。而是生动写人，深切诉情，叫读者我走不开，扔不掉，眼泪止不住流下来。也许，身为男子，我为异性的她们哭得更伤心一些；身为老者，我为年轻的她们哭得更怜爱一些。

谁够格称为三四十年代的文学大师？巴金当之无愧算一个。那时的文学大师，我心目中有胡适、鲁迅、郭沫若、林语堂、茅盾和巴金等。《家》人物多，场面大，忠实地描绘了那个时代、那个社会和那些人，类似《红楼梦》，当然，比不上《红楼梦》。无疑，作者想把它写成《红楼梦》。书中的高家花园仿佛一个隐隐约约的大观园。如果《红楼梦》可传两三千年，我想，《家》至少可传两三百年。

2020 年 3 月 13 日

《罪与罚》读后

——兼赞手机读书

如果对古今中外的文学作品进行排位，《罪与罚》一定能进前十名。

这五天，所有的空闲时间都用来读《罪与罚》。兴奋难遏，激动不已！故事精彩，悬念成串，猜不出下文，爱不释手。人物丰满，性格特异，一个罪犯你没法恨，一些贵族你不得不恨。关于爱情，主人公真的是爱得死去活来，纯真崇高，令莽汉我羞愧。金钱似生命，金钱如粪土，书中有极端的、生动的描写。特别是心理描写，我还没读到过哪个作家才华超得过本书作者陀思妥耶夫斯基。

又，《罪与罚》是在手机上的“京东读书”读的。除了可听可看，还可就地查看注释，本书有两百多条不可不看；还可对疑难字词就地查阅词典，比纸质书方便多了。

过去低估陀大师了。是的，没有哪部文学史不推崇他，但不够，很不够！他还是少有的高产作家。去年，听蒋勋讲《红楼梦》，蒋先生多次夸奖陀大师的《卡拉马佐夫兄弟》。上半年专门去读了此书，佩服到三鞠躬。今读《罪与罚》，五体投地了。

世界、中国有这么多名著供我们老人听读，是我们的福气。近一月来在手机上一口气读了《尘埃落定》《主角》《穆斯林的葬礼》《老人与海》《呼啸山庄》和《罪与罚》，大呼过瘾。这个冬天真不冷。过去，读万卷书是富人的奢侈。眼下，一部智能手机，藏书万卷，花费不过区区几文。像“京东读书”“微信读书”这样的手机APP，方便至极，我们真是掉在福窝窝里了。

2021年1月12日

咬文嚼字

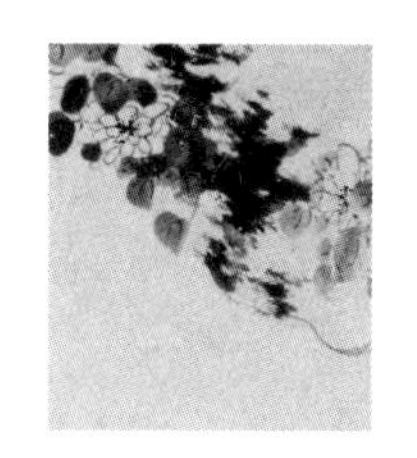

说快

——也来咬文嚼字

今天最高气温才 27 度，彻底告别了三四十度的炎热。一大早我就报告亲友：凉快了！

唉——“凉”字就已表达了凉意，为什么要加个“快”字？细想一下，大有意味，便掏出手机写起来——在手机上写文章已有五六年了吧。

“快”字的基本词义有二：其一，速度快，如快速、快捷、飞快等；其二，高兴，如快乐、愉快、欢快、快意恩仇、人心大快、亲痛仇快等等。

有趣的是，除了这两个基本词义，“快”还有别的含义，如作语助词，起加强的作用。如“凉快”加强了凉，“勤快”加强了勤。

最有意思的是“痛快”，它不是表达快速，也没加强痛感，反而成了“非常快活”。这个词暗示我们，只要速度快，事物就会变好、好转。“外快”居然变成了额外（工资外）收入。痛加上快的“痛快”就不但不痛，反而非常快活。所以有临刑之囚请求刽子手给他一个痛快。所以武侠小说中老有这句话：天下武功，唯快不破。所以二十世纪五十年代末我国的总路线叫“多快好省”。

我有幸生在重庆，重庆人性格爽快，生活节奏快，连说话语速也快，快到把两个字连读成一个音。比如，重庆（四川也如此）人说“要不要”意思是“时不时”，如像“要不要我会去游泳”。但是重庆人把“要不要”说成“要 biao（念四声）”，三个字只发两个音。我们把不（bu）和要（yao）两个字音连读成一个音，bu+yao=biao 了。重庆人形容一个人桀骜不驯，说成“他好 jiao（念二声）”。我们写不出 jiao 这个字，其实它是桀（jie）和傲（ao）两个音快速连读成了一个音，jie +ao = jiao 。

也许，家乡重庆把我培养成了快人快语；也许，我活了八十三岁却说了一般人九十三年的话，不知道我是不是也做了一般人九十三年的事？不知道我一生中的几次转运是不是因为行事快捷？天知道。

2021 年 8 月 25 日

说说井

老来有闲，便把偏爱的影视剧找来重播。《下一站，别离》（于和伟、李小冉主演）中，男女主角双双掉进一口废枯深井中，假结婚的夫妻井中演了一幕真求婚戏，奇特别致，妙不可言，触发了我对井的想象。连忙找出著名电影《老井》（张艺谋主演，没错，是主演不是导演）来重放。老井村吃水要走几十里路去挑水，为争一口井，两个村有几百人投入惨烈的械斗……井，是那么深刻地关系着人们的生活、生命。

我的儿孙们是吃自来水长大的，他们和井没有多少关联。可我们这一代人以及我们的先人，和井的关系深远。

我国有长江、黄河等大江大河，还有无数支流。但是，没有江河的地方可能更广阔，估计多数人都是靠喝井水长大的。我的老家新妙场，民国时期街上的几百户居民都是靠周边的十多口井为生。七八十年过去了，我还记得一些水井的名字和形状，如方井、夹夹井、蚂蟥井……一到天旱，有的水井会枯竭，不枯的水量也会减少。户户家家日日夜夜都要派人去井边等水。

许多家庭会派细娃带个桶盆之类去排队等水，井边老少群聚却秩序井然。水井边便成了我们细娃打堆、玩耍的场所。离我家不远的那口夹夹井，两块大石的中缝就成了井口，长年不枯。井边的一块大石坝成了我们细娃等水时的欢乐场，我们在那里游戏，唱儿歌：

黄桷树，黄桷椏，
对门对户打亲家。
亲家儿子会写字，
亲家女子会纺纱。

1951年土改，我家被迁到丁家坝一间荒废多年的茅草房。原主人弃屋而去，是因为那房周边无邻无井。我们母子俩喝的是屋后水田的水。天可怜见！我住的那五百多天天没旱，水田总有水。当然，田水哪及井水。真不敢想象我离开后，老娘是怎么过那无井的日子。

前些年为了整修乡场（居民上万人了）的自来水系统，镇政府找到了我，我捐了工程所需的五十万元。我忘不了喝过的那井水的清甜，也忘不了那无井水可喝的苦涩。

中国人生活离不开井，自然，中国文字也就少不了井。上文中，井边等水就写了“秩序井然”。老实说，我想不通为什么祖上有“井然”这个词。也许，祖祖辈辈的先人们在井边等水都是那么规规矩矩，所以才有了井然一说。

再来看含“井”的常用词：井井有条，井底之蛙，井水不犯河水；临渴掘井，心如古井，离乡背井；市井小人，坐井观天，落井下石；一朝被蛇咬、十年怕井绳，凡有井水处、皆能歌柳（永）词等等。井之一词深入到国人的物质生活和精神生活的犄角旮旯。

有两个词触动了我。一是离乡背井。井成了故乡家园的象征，背离了井我们就成了游子，怯怯生生。除了我们生活离不开井，还因为古老的井田制，把人们牢牢地拴在土地上。二是落井下石。人间竟有如此卑劣、无耻的行径。悠悠苍天，此何人哉？

离乡背井，怯怯；

落井下石，呸呸！

2021 年 11 月 17 日

说说绳

看电视剧《第十二秒》，一警察说“绳之以法”，顿觉有趣。为何不说“律之以法”或“惩之以法”？司法界人士还常说“以事实为依据，以法律为准绳”。查词典，绳之本义为纤维拧成的条状物，引申义为准则。含有绳字的词有好几十个，如，绳锯木断、拧成一股绳、红绳系足等等。绳是人类物质生活和精神文明的重要元素。

小学的历史课我几乎忘光了，但老师讲“结绳记事”我还依稀记得。人类的祖先在没有文字时，用绳子打不同的结来记载不同的事物。几千年前老祖宗们的生活离不开绳索，我的青少年时期也没离开过绳绳索索。

记不得穿开裆裤的日子了，但还记得刚穿收裆裤就闹出笑话的场景，终生未忘。穿收裆裤解手时得解开裤腰带，脱下裤子。蒙童懵懂，内急时把母亲给我结的裤带活扣拉成了死结，半天解不开。尿把我憋得哇哇大哭，笑死了邻家的姐姐、婶婶。后来，母亲教我打活扣、解活结，并耐心指导我练习多遍。从那时起，直到白发苍苍的今天，我闭上眼睛也能结活扣、解活结。

有次系裤带，一不小心把裤带的一头扯进了裤带管，怎么也弄不出来，只好提着裤子，哭流稀涕地来到母亲面前。她笑了，干脆把裤带全部扯出来，找了支筷子来，把裤带从这头顶到了那头。在幼儿心目中，妈妈真是无所不会的能人。

念高小一年级（小学五年级）时，学校开始上童子军课，每周两节课。还发了一本童军教材，里面有一章是绳子打结。记得我们学会了打好几种结：接绳结、双套结、称人结、瓶口结……

1958 年我进了工厂。那时，高中生比当下的本科生还稀缺。由于我受过批判挨过处分，只能当个月薪十三元的学徒工。有地儿收留，有饭填肚，我已感激涕零了。也许因为我埋头苦干又有文化，劳动两个月后便调我到机修车间去学车工技术。

有一天，机修车间起重班要吊起一个大钢件，有一吨多重吧，大钢件无孔无环，麻绳钢缆都无法系套，很难起吊。车间廖主任也赶来了，大家一同研究起吊办法。有人建议焊个铁环，有人建议钻个孔洞，七嘴八舌，久无定论。有人低声说："那个家伙，"并把手指向远处的我，"精灵得怪，说不定他有办法。"车间主任想了想便对起重班杜班长说："你去问问他。"

杜师傅来到我身旁说："小尹，那个大钢件要起吊，没法套，你能不能想个办法？"

"那我们去看看——？"

杜班长把我带到钢件旁。我看那钢件的一端有个两三厘米深的环槽，类似瓶颈。我想起了童军课上学过的瓶口结，便说：

“我来试试。”我拾起地上直径约一寸的粗麻绳，几下就挽了一个瓶口结，套在那大钢件的环槽内。杜班长叫来行车，钩上麻绳，慢慢起吊。生怕那个庞然大物起吊中坠落，起重班疏散了周围的人，人们远远地凝望着。机动吊钩缓缓上升，麻绳开始拉紧。我明白，越是拉紧，瓶口结的绳圈会越加勒紧环槽，越不会松开。钢件被吊起并移动，快完结时，我知道，再也没有我的什么事了，便低下头屏住呼吸，悄无声息地离开了现场。

莫道结绳小技巧，

艺到使时大用场。

2021 年 12 月 21 日

说风流

——致老哥老姐们

风流一词多义。有正面词义，如风采特异，业绩突出；才华出众，自成一派等。也有负面词义，如放荡，色情。

二十世纪五十年代，社会风气以革命为基调。凡两面派的俱打成反（革命）派，具有褒贬两义的“风流”也斥为贬义。中学六年，我写过两百多篇课堂作文，回想起来，从未用过“风流”这个词，其实是不敢用。全靠二十世纪六十年代全民大学毛主席著作，老人家的诗句“数风流人物，还看今朝”，才堵住了那些贬风流者的嘴。

很小我就听见过人说风流。一次，老家街上纳鞋底、补衣裳的媳妇们打堆闲聊：“王 × × 家那女的真风流！”那时我不懂什么叫风流，但我看得懂媳妇们鄙夷不屑的脸色，明白她们在骂那王家媳妇。王家媳妇的丈夫打国仗（抗日）去了，多年杳无音讯。守活寡的她年轻、标致、孤傲，但对街上我们这群小娃儿特别和气。

二十世纪六十年代，一个偶然的机会我听到了蜚声全球的《风流寡妇》电影配乐。旋律那么健康优美，那么热情奔放，那么悦耳动听，没有丝毫的靡风邪气，谁听谁兴奋。我不由得想起了王家媳妇。女人们排挤她，她却不在乎，总是穿着入时，总是笑吟吟的，吸引着人们的视线和谈论。她，风流。

退休前，我商务、公务繁忙，天天着正装（西装或中山装）或者准正装（深色夹克），不敢违规失礼，作古正经为别人。退休了，随心所欲为自个儿，渐渐喜欢起鲜艳的衣裳来。有趣的是，身边的老哥老姐都比过往光亮了些，甚至妖艳了些。我有张着红衣游丽江的照片，自我欣赏到迷醉，题词云：

一朝春去红颜老，

一袭红衣也风流。

老了就可以风流了？风流也有贬义呢，不怕人家议论？记起了哲学家叔本华的《人生的智慧》中的一段话："人们把高龄衰弱和多病出现之前的一段时间名为'最美好的时光'。"我们退休老人在衰弱多病来到之前的当下，是平生最美好的时光。为何不在此刻风风光光？

难道不是吗？晚上没睡好我们也不着急，因为翌日清晨不必按时起床赶路上班。老人有退休金，不上班也衣食无忧。顾忌少了，我们就好吃，好穿，好玩。爱唱就唱，爱跳（舞）就跳，黄山好耍黄山去，西湖好玩西湖游。最美时光里，老哥老姐真风流。

近日我把退休后的生活照、旅游照集成册。题了一首《风流》作为前言，彰显我们的风流耆年。且录之：

风流

谁说老哥老姐不风流，
春耕夏种熬到丰收的秋。
年华似水不为少年留，
无悔人生潇洒信天游。

不狩不猎长假天天休，
不稼不穑衣食年年有，
不娇不宠儿孙自有福，
不卑不亢四海皆朋友。

荤的素的好吃就张口，
花的艳的好穿不言羞，
远的近的好游走走走，
闹的静的好玩留留留。

谁唱山歌山顶声啾啾，
谁弹吉他河畔琴悠悠，
谁家老哥太极文绉绉，
谁家老姐舞姿轻轻扭。

谁说老哥老姐不风流，

春耕夏种熬到丰收的秋。

年华似水不为少年留，

无悔人生潇洒信天游。

2020年7月25日

文化新义

——你知道“文化书”吗？

小学三年级以上的人，口里都说过“文化”这个词。但说得出“文化”这个词含义的人真不多。

2003年，我被推选为全国工商联企业文化建设委员会主任。猛然想起，我也没弄清楚文化的准确含义，怎么当主任啊？

连忙花了不少时间去查阅文化的定义。我的天，都说得云里雾里的！挑三家权威说法：

《辞海》解释文化用了400字。1. □广义指（下略250字）。2. □泛指一般知识，包括语文知识。（下略50余字）。3. □（下略40余字）。

《现代汉语词典》说，文化是人类在社会历史发展过程中所创造的物质财富和精神财富的总和，特指精神财富，如文学、艺术、教育、科学等。

百度说，文化是相对于经济、政治而言的人类全部精神活动和产品。

值得庆幸的是，我们不明白文化的准确含义也能使用文化这个词。我们平常说“某人有文化”，说“某物文化含量不高”时，大抵都错不到哪里去。至少交流的双方不会产生大的误解。所以绝大多数人，包括我，都好说“文化”却不求甚解。这个世界好包容！

某日，去某场馆等候人。见书架上摆着《史记》《东周列国志》等经典，随意取一本来翻翻，居然是一块木头。做成书的样子，书脊部位做得像真书一样。我有些不解。一位同行的朋友笑我少见多怪，便对我说，这种装饰厅堂而存列的“书”，叫“文化书”。

后来，在一些房地产的楼盘上，见到一些形若石头状的墙、基。被告之，是钢筋水泥做的，装饰成石头状，称为“文化石”。还有钢筋水泥做的柱子，装饰成木头柱子样，叫作“文化木”。

文化书、文化石、文化木，意思是装饰书、装饰石、装饰木，或者说假书、假石、假木。

文化多了个新义：假的。我愕然了。你呢？

2019 年 11 月 4 日

你认得“靸”这个字吗?

穿鞋行走鞋后跟不拉上，巴渝人称为“杀”鞋，如，“杀”着拖鞋。我写文章，写到民国时期我们乡下有一种无职无业的“赖时猴”(二流子)，被称为“杀半截鞋的”。我找不到恰当的字，便用“杀”字来代替，心里总觉有些不妥。

今读《红楼梦》第二十一回:“次早，天方明时，(宝玉)便披衣靸鞋往黛玉房中来……”忙查词典，“靸”的读音就是sa(三声)，就是我们巴渝人说的：靸起拖鞋，靸起两片鞋。

读过不少书，《红楼梦》也读过好多遍，这辈子张口说过无数遍靸鞋，可我八十岁后才第一次会读会用会写它：靸。

不得不两摇头，三感慨：

一、学无止境，活到老，学到老，别充什么读书人。

二、汉字太多。尽管我推崇“人生至乐，莫如读书”，读过的书真不少，不认识的字还挺多。“靸”这个字并非僵化的古字，还存活在我家乡的方言里，我也认不得。《汉语大字典》收录了56000多个汉字，我估计我认识的不及十分之一。当然，这五万多汉字有许多是僵化或半僵化的古字，普通人没有学习的必要。汉字改革、汉字简化任重道远。我曾经有过一本英文工具书，开列三类英语单词：最常用词、常用词和次常用词，对学习者大有帮助。希望汉语也有这样的字典，列出最常用字、常用字和次常用字，比如各一千字。

三、方言与普通话。四川土话不土。巴渝人笑别人“反穿衣，倒靸鞋”，四川方言“我不谙（我没料到）”“你默倒（你想到）”等，真个不陋不俗不土。“靸”“谙”“默”这些字活生生地运用在四川方言中，土中带雅。文艺作品中，方言用得恰当会平添生色、生动；偌大中华，不推广普通话不利于交流。方言与普通话的关系该怎么处理，请专家们多研究、多指导！

后记：听过台湾学者蒋勋的《细说红楼梦》。但他在细说第二十一回时，把“披衣靸鞋”的“靸”字念成“踏”了。其实“靸”字有个同义字“趿”，念 ta（一声），也是鞋后跟不拉上踏在脚下的意思。也许台湾省的方言就是趿鞋，也许蒋先生的《红楼梦》版本不同，第二十一回的文字是“便披衣趿鞋往黛玉房中来”？求教！

2019 年 10 月 30 日

浅谈美学

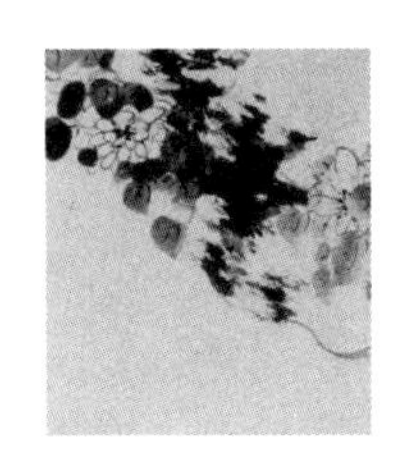

美之三要素

窃以为，文艺美有三要素：巧、灵、善。

正确的行为熟练后演化为流畅的技巧，也就是说巧包含了正确与流畅两个元素，它俩是美的基础。如果正确都说不上，比如作品中有错误的文字、错误的音符、错误的线条，那怎么会有美？即使正确了，但别别扭扭，结结巴巴，不流畅，也说不上美。

巧了，但凡缺点灵气，作品就显得干瘪无味，显得平庸。一首曲子演奏正确流畅，但没有味道，轻重、缓急、续停不当，缺少韵律，美感就会少很多。廉价的印刷年画，中规中矩，但不生动，缺的也是灵气。味、韵、风、色等这些元素都是可以意会，但都难以言说，这种美感就是我们说的灵。我们经常说匠人与大师有差别，比如乐匠与乐师有差别，画匠与画师有差别，匠人有巧缺灵，大师则巧灵兼优。

又巧又灵还不够完美，美还需要善。没有善良或伪善良的文艺作品人们难以接受，甚至厌恶，美从何来？纳粹的军乐、宣传画技巧一流，灵气十足，但它们的内涵是铁蹄刺刀，是耀武扬威，是欺小凌弱，是征服，是毁灭，不仅不美，还是邪恶。

为什么强力推行的忠字舞流行不到一年？为什么自发的广场舞流行快三十年了？忠字舞的巧和灵都比不上广场舞，但也差不了许多。两者最大的差异是善，忠字舞蕴含的是“打倒在地踏上一只脚”，是“砸烂你的狗头”；而广场舞是娱乐快活，是随心所欲，是友好交际。虽有个别广场舞扰民众、碍交通，但广场舞本身是群众自娱自乐，非恶，是善。

美无处不在，审美能力人人具备，尽管审美标准各不相同。欣赏文艺作品，人们心里会自然地认为好或不好，美或不美。由于美学在普通人心目中高不可攀，就连读书人眼里，美学也庄严神秘，故普通人敬畏美学而慎言审美。是的，人的审美能力有取向差别，有高下之分。权威们关于美学的各种研究，各样高论，我们应该尊重。然而，美不美，油然生；不说白不说，说了得其乐。春天来了，你对天长啸：“春天好美！”喊出来比不喊更舒坦。至于怎样去审美、说美，我们不妨使用巧、灵、善这三个标准。

《红楼梦》和《三国演义》都拥有亿万读者，难分伯仲，但知晓这两大名著的人都有他自己的褒贬。许多人被权威镇住了，三缄其口。依愚见，三国故事巧一点，红楼性情灵一些，红楼还满纸善言，催人泪下。反观三国，杀人如麻，血流成河。

诗仙李白和诗圣杜甫谁更崇高？不管权威怎么说，我们且自说自话：仙人圣人都非凡人，他俩的诗句都巧夺天工，巧上分不出高低；但诗仙稍灵，诗圣略善。灵兮，诗仙！善哉，诗圣！

又如，郎朗和云迪谁的钢琴更美？两位都精灵得怪，也许郎朗巧丁丁儿，云迪善点点儿。

美学是门大学问。论坛上、学院里，美学有堂堂皇皇庙堂之论；茶之余、饭之后，美学亦有水水汤汤江湖之说。本文乃汤汤水水般的一点一滴。爱美之心人皆有之，审美之论人皆可说。

不涉美学，枉读诗书万卷；
“不到园林，怎知春色如许。”（《牡丹亭》）

2021 年 2 月 3 日 时逢立春

留白

昨日乘车，看到路边一块桌面大小的电子交通牌。文字塞满了牌面，怎么看怎么不舒服。原来牌面四周没留下空白，密密麻麻的文字挤压了视觉，绷紧了神经。美学上称为没有留白。

一生翻过万卷书，几乎没留心过书里上下左右的空白。1982 年我进了重庆出版社任编辑，负责装帧设计的贺老师指点我，无留白无美书。学而时习之，方知留白之学问大焉。留白有词语留白、艺术留白、哲学留白和应用留白。深奥的学术本文不探讨，仅说说与留下空白相关的一些常识性感悟。

文留空白，事留余地

相声大师侯宝林说过，人生最宝贵的经验就八个字：宁可不够，不可过头。即，做什么事都得留有余地。愚八十有五，身体还算康健，耳聪目明牙全，最成功的养生之道大概就是每餐只吃八成饱。相反，惨痛的教训就是有一次吃胀了，撑了。

1960年秋，从成都乘火车返重庆。那时粮食开始紧张，吃啥都要粮票。可火车上、车站上供应食品却还没开始收粮票。喜出望外，我不停地吃，不断地咽，饱了、胀了、撑了，还在吃，还在咽。终于肚子不舒服起来，随后转为疼痛。痛得我坐也不是，站也不是，走也不是，一直痛到冷汗直冒，精神恍惚。巴不得吐，恨不得泻，即使肚子撑破都行。

胃肠得留有空间，事物得留有余地，大至政府规划、企业决策，小到人的衣食住行、七情六欲。我读过一位苏联将军的回忆录，他认为，打仗的艺术就是怎样留预备队。扩大战果或反败为胜，都在于预备队的保留和使用。1958年大炼钢铁失败原因之一也是不留余地，锅都砸了，铁也卖了。

虚实结合，相辅相成

我们绝大多数人都崇实务实，所谓事要实在，人要实诚。一幅画全是山水花鸟多好，为什么画面上要留那么多空白？人啦，凭感觉甚至凭本能都会明白，只有虚实搭配画才好看。中医玄妙，因为它讲究阴阳、表里、虚实、寒热。我们党战无不胜，就在于党既务实，又务虚——讲理论，重实践。虚与实总是成双成对地存在于世间，如内外，上下，进退，升降，冷暖，硬软，强弱，动静，昼夜，朔望，盈亏，奢俭，难易，苦乐，祸福，贵贱，生死，等等。

发呆是忙碌的调剂；不懂休息便不懂工作；没有理论指导的实践是盲目的实践。虚实对立，无处不在；虚实结合，无事不成。

白而不空，天高地厚

当我们美滋滋地享受手机、汽车、高铁、飞机等现代物质文明时，却迟顿顿地忽略了科学家的理论、工程师的技术和工人的手艺。我们总是把成就归结为自己的能耐，却大咧咧地忘记了，是改革开放的优良环境和人类积累的精神文明才有了我们的成功。我们感激看得见摸得着的人和事，却木讷讷疏忽了膜拜皇天后土。天之高远、地之敦厚成就了我们，却往往被我们视若空白。

有趣的是书籍文稿页面的上方留白叫天头，下方留白叫地脚。巧啦，上白曰天，下白曰地！是啦，白而不空，天高地厚！

2022 年 1 月 10 日

髫髫耄耄，熟能生巧

髫髫，tiaotiao（二声），头扎鬏鬏的小孩。

耄耄，maomao（四声），白发苍苍的老人。

活了八十多年，懂得熟能生巧，也亲身体验过熟能生巧。

头顶扎个丁丁猫（蜻蜓）的时候，我们玩弹弓、玩蹦钱（铜元打铜元），多玩多练就能生巧，不说百发百中，十发五中大约也能练成。二十六岁时，身强力壮的我被派去打防空洞，干最苦的活，打二锤凿炮眼以便装炸药。每锤打一下，二捶挥舞的是半径一米多大的一个大半圆圈，锤锤都必须打在炮钎小头上，那可真巧！打了半年，好几万锤吧，也没打漏过。如果打在掌钎人的手上，“阶级报复”的罪名就会落在我这个出身不好者的头上，好可怕。多亏了那个巧救了我！

人体是一个极其复杂、非常高级的有机体。不停地操练产生的协调动作是纯习惯的，是凭感觉的，是下意识的、巧得惊人的。二锤落在炮钎头上，并非是主观的调整，并非一清二楚的控制，并非有意识的指挥。

技术的巧和艺术的巧都可以经熟练而产生；体力的巧和脑力的巧也都可以凭熟练而形成。

退休了，去年疫情来了，整整一年几乎足不出户，这真是练练钢琴，实现平生夙愿的好时机。但是，我踌躇了，因为我一生笃信弹钢琴需要童子功。耄耋之年了还练得会吗？耄耋之年了还练得巧吗？所以，一直都是只弹弹简单的练习曲，和用最简单、最公式化的方法去伴奏歌曲，正规的钢琴曲摸都不敢摸。

想到了初中时，地理课老师要求我们画地图。我们在书本的地图（样本）上打上格子，再在我们的练习纸上画上同样多且同样长宽比例的格子，一个格子一个格子地临摹描画。这是把复杂的问题进行分解，使之简单化，多复杂的地图也能描画得八九不离十。钢琴曲可不可以也像这样分乐段甚至分乐句来练？不妨试试，反正老人学琴不图名、不图利，只图开心。

挑选了理查德·克莱德曼的《梁祝》来试。我告诫自己，不计时间，不问成败，把乐曲分成许多小乐段来练习，每个小乐段一百遍还练不会，那就练一千遍。很熟、很熟、很熟之后，慢慢就巧起来了。坚持练了三个月，时间当然不短，乐谱能够背下来，手掌手指也能凭习惯、凭感觉下意识地移动。听起来也像是在述说梁山伯与祝英台的故事了。录了个视频，那小小的技巧令我喜出望外，老眼里闪烁着泪花。视频里还有好几个错误，也不够流畅，及格都还要差几分。如果，如果再练三个月，兴许就能描绘蓝天、白云、彩虹，兴许就能展现一对彩蝶相依相恋、翩翩起舞了。

所以我要对年少、年老的亲友说，髫髫耄耄，熟能生巧。

2021年1月29日

也说“不为什么”

作家冰心有一散文名篇《不为什么》。女儿写道：“‘妈妈，你到底为什么爱我？’母亲放下针线，用她的面额，抵住我的前额，温柔地、不迟疑地说：‘不为什么，——只因你是我的女儿！’”如果母亲是为了什么，比如养儿防老，那母爱的光辉就会暗淡。有些行为，如帮助弱小、下水救人、进场救火等等，没有目的才高尚，不为什么才是人间至美。看来，“不为什么”这个话题还有些话可说。

人们的言行多数是有目的的。大到耕读仕贾，小到衣食住行，几乎都是为了什么。只有相对少数（但绝对数量很大）的言行才不为什么。人的本能，或下意识的情感、行为，是没有目的、不问为什么的，如爱儿女的本能、怜悯孤苦的本能、爱美的本能等等。人有些行为如发呆、闲聊、闲逛，多半也是漫无目的的。

小学上音乐课，我跟着老师咿咿呀呀唱。几岁小娃娃哪有什么目的，也没有想我为什么来唱歌。后来才逐渐感知到音乐悦耳，音乐能振奋精神、陶冶情操，于是才有目的地去唱歌、弹琴。无目的的音乐课是有目的的音乐爱好的源头。

读书，在我看来，也分有目的读书和无目的读书两类。且分别叫“有所为而读”和“无所为而读”。“书中自有黄金屋，书中自有颜如玉”，这种读书目的是十分明确的。什么“熟读唐诗三百首，不会作诗也会吟”，什么“读书破万卷，下笔如有神”，这样读书是为了写作，也属“有所为而读”。我为了当好篮球教练专门去读篮球书，那也是“有所为而读”。但我一生，尤其是初中时，常常是为读书而读书，并无特定的目的。读书始于武侠小说，后又文艺小说，进而数理化、天地生、文史哲，我无目的地博览群书。有所为而读，令我长了知识，成就了我的事业，但有目的的读书常常使我焦虑，或因晦涩不解而烦恼，或因学而无用而苦痛。无所为而读始终给我带来快乐和美感，有时也带来好处。1983 年我在重庆出版社当编辑时，有本书稿上写有“马拉松世界纪录多少多少”。忽然记起有书道曰：马拉松因场地坡度不同，路线弯直各异，各场比赛没有同一性，成绩没有严格的可比性，所以只说“最好成绩”，不说“世界纪录”。幸有此不为什么获得的见识，让我改“纪录”为“最好成绩”，少犯一个错误。对于少年儿童，不为什么的读书似乎更好。

书用多在无意时，
无心插柳柳成荫。

坐茶馆有时是有目的的，如品茶、会友、谈事、去搓麻将等等。但相当多的坐茶馆不为什么，随茶而饮，随景而坐，随人而聊，随遇而安。茶客们闲适、恬静、无功利、无欲求，那是一种不为什么的安逸。如果你为了什么去坐茶馆，那茶，那景，那人，难免缺少点你寻求的那个“什么”，你有可能失望，甚至毛焦火辣。坐咖啡馆也是同样情景。成都的茶馆绝对数和相对量都全国领先，不为什么而坐茶馆的人全国最多，怪不得人们说成都人的快乐指数特高。有人说成都人割半斤肉都要炒四个菜，你说那是为了什么，不为什么常常蕴含着满足、快乐，甚至是一种生活之美。

人们的赏月、观花、冥思默想、吟诗作赋、唱歌弹琴，越不为什么越美。拿着棍子威逼小儿女学琴学画，哪有什么美的味道。美学大师朱光潜说：“人的美感活动全是无所为而为。”哲学大师康德说：“美是一种无目的的快乐。”

目的性强了，快乐就淡了，美也褪色了。让我们的生活多一点不为什么！

2018 年 12 月 5 日

再谈音乐

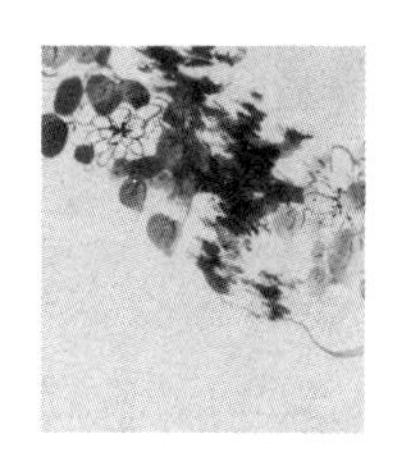

歌曲与乐曲

——兼谈文艺作品的主题

二十世纪五六十年代的语文课，每一篇课文教师都要重点讲解它的主题（或中心思想）。学生写作文，也被要求每一篇都必须主题突出。我们这一代人，只要接触文艺作品，有意无意都要寻找它的主题。

二十世纪五六十年代的音乐大都主题突出，主题鲜明的歌曲创作非常繁荣。如《打败美帝野心狼》《镇压反革命》《社会主义好》《大海航行靠舵手》《社员都是向阳花》等等。少量的无歌词的乐曲，在那时也得有标题来指明主题，如《骑兵进行曲》《彩云追月》等。

音乐的主体是旋律。音乐有别于其他艺术形式，就在于旋律的抽象性。旋律的音调、音色、节奏描绘人的情绪、人的感知。可旋律的表达不具体、不明了，不像文字那么明确。而它的奥妙恰恰是在不明确中又似乎在渲染、在烘托、在暗示，叫人可以意会，令人不言自明，甚至尽在不言中。音乐的这种魅力使得人类千百年从未抛弃过它，音乐与人类同在。

歌曲是用“歌词加旋律”来表达主题，表达我们的喜怒哀乐、爱恨情仇。比如“蓝蓝的天上白云飘”的景色描绘，“你从雪山走来”的宏大叙事，“我爱你，中国”的激情歌颂。多数歌曲是先有了歌词，然后创作出旋律去辅助烘托歌词的主题展现，比如电视剧《红楼梦》的主题曲。但也有先有旋律再写歌词或更换歌词去协助旋律的主题表达（即填词）。如《长江之歌》[1]、《送别》（长亭外，古道边……）。总之，歌曲是主题鲜明的音乐。

乐曲是主题不怎么突出的纯音乐。没有歌词、没有标题的那些乐曲，作者所描绘的、指挥所表现的，多个听众有多种不同的感悟、多种不同的解释。甚至一百个听众可能有一百多种感受，因为同一个人在此时彼时也有不同的感悟和解释。古往今来那么多的交响乐、协奏曲、奏鸣曲能广泛流传、闻名遐迩，原因不一定是源于某一个共同的主题，反而是听众心中并无统一的个人感受。相同的，仅仅是该音乐之美。

近四十年来，文学艺术从主题突出慢慢演进到容许主题淡化、主题分散甚至主题多元。人的一生生活主题也是丰富多样的。即使某个时刻，也常常是悲喜交加、五味杂陈，很少是单一情绪，说不上什么主题突出。文艺作品主题多元是人类生活多元的映照。在音乐上，近四十年来纯音乐的乐曲演奏和创作也渐渐多了起来。

无疑，音乐由低到高的发展是从歌曲到乐曲。介于二者之间的是标题音乐和无歌词、有标题指向主题的乐曲，如二胡曲《病中吟》、广东音乐《步步高》、钢琴协奏曲《黄河》、小提琴协奏曲《梁祝》等等。

歌曲的属性是群体的，同一首歌的众多歌唱者和听歌者领悟或表达的是同一情感、同一印象或同一意志。纵然只有一个人听，一个人唱，他和其他人也会同声同感，同声同气。纯音乐的乐曲的属性是个人的，不同听众有着不一样的个性感悟或解释。纵然千人同听，每个人有他自己的领悟，保持着他的个性。乐曲的不凡之处在于能吸引千万个不同的个体一同来聆听，来欣赏，来演奏，各得其所，不会争吵不休，更不会拳脚相向。纯音乐的乐曲既是崇高的美的艺术，还是一门伟大的和而不同[2]的艺术。伟大的艺术产生了贝多芬、莫扎特、柴可夫斯基、肖斯塔科维奇等众多千古不朽的音乐家，他们又创作了众多的万古流芳的乐曲。

人类社会是由无数个个体组成的。人类需要同样的感受，同样意志的歌曲，人类也需要主题多样、和而不同的乐曲。

2020 年 5 月 24 日

---

[1] 八十年代，电视纪录片《话说长江》和它的主题曲都非常成功！播完后央视在全国征求对主题曲填词，成就了今日之《长江之歌》。

[2]《论语·子路》子曰："君子和而不同。"

歌唱劳动

——劳动节忆劳动歌

中华人民共和国改变了国人传统的劳动观念，许多歌唱劳动的歌曲作用至伟。

我在旧中国生活了近十二年。家里、课堂、社会给我们学子灌输的全是“唯有读书高”：

天子重英豪，
文章教尔曹。
万般皆下品，
唯有读书高。

那时候劳动不是流行词，人们说的是下力、干活或做活路。我家隔壁的潘家是吆马的马夫，潘家隔壁的刘家是挑水卖的挑夫……这些下力人家都穿得破旧，吃得粗杂，儿女上不起学。我的高小同班中没有农家的子女。记得有个叫张大义的家倒是种田的，后来才知道他家是有田有土的自耕农。下力、做活路这些劳动的观念，在我们儿童心目中都是累，是苦，是穷，是贱。长大了读了些书，才知道历朝历代都视劳动为下品。劳心者治人，劳力者治于人。

1949年11月30日晨，我们在重庆迎来了解放军。紧接着全市欢庆解放，新歌新舞大流行，尤其是学校。最先流行的歌是《山那边哟好地方》：

山那边的好地方，
穷人富人都一样。
你要吃饭得工作，
没人为你做牛羊。

1950年春，老家新妙土匪暴动。解放军九三团来剿匪，团部驻扎在我们镇上，团文艺宣传队天天演出。有出歌舞节目《兄妹开荒》，好听又好看：

雄鸡雄鸡高呀么高声叫，
叫得太阳红又红。
身强力壮的小伙子，
怎么能躺在热炕上做呀懒虫！

1950年中华人民共和国的第一个五一劳动节，全国大唱《咱们工人有力量》：

咱们工人有力量，

嘿，咱们工人有力量。

每天每日工作忙，

嘿，每天每日工作忙。

盖成了高楼大厦，

修起了铁路煤矿，

改造得世界变呀么变了样。

1951年开始土改，全民学唱《谁养活谁》：

大家来看一看，

没有咱劳动

粮食不会往外钻。

耕种锄割

全是咱们下力干，

五更起半夜眠，

一粒粮食一滴汗。

地主不劳动

粮食堆成山。

二十世纪五十年代有首非常好听的儿童歌曲《劳动最光荣》。少年时我唱给自己听，激励自个儿；为人父后我唱给儿女听，教他们爱劳动：

太阳光金亮亮，

雄鸡唱三唱。

花儿醒来了，

鸟儿忙梳妆。

小喜鹊造新房，

小蜜蜂采蜜糖。

幸福的生活从哪里来，

要靠劳动来创造。

中华人民共和国刚成立的那几年，大会小会、广播报纸、文艺演出，大讲劳动光荣，特讲劳动改造世界。许许多多歌唱劳动的歌曲，把劳动唱上了群众的口、唱进了群众的心。老百姓叫劳动人民，工作优秀的叫劳动模范，沙坪坝到磁器口的公路改名劳动路，唯一电影院改名劳动电影院，市场上出现了劳动布、劳动鞋。重庆市最早落成的恢宏的群众游乐场所，叫劳动人民文化宫（由邓小平题名）。劳动不再是累、苦、穷、贱，劳动成了上品。后来，还把劳动的内涵扩大到动脑子，脑力劳动的知识分子和体力劳动者同样荣光。

1954 年冬，重庆市召开学生代表大会，我荣幸地被选为代表（重庆一中初中部好像只有我一个代表）。会上，市委书记任白戈的讲话新颖、生动，我一辈子未忘。他说：

同学们，你们是新中国的劳动后备军。未来，劳动不仅光荣，而且还是一种快乐，你们会争着抢着去劳动。就像你们下了课争先恐后地跑进篮球场，去抢那前十位先下场打篮球的机会。

成人后的一生，我无论在车间、在田野、在商场、在政坛、在书斋，我都争着劳作，抢着劳动，也当上了劳动模范。

八十功名尘与土，
劳劳欣欣伴乐乐。

写于2021年劳动节

你会记得住《成都》这首歌

中华人民共和国成立七十多年来，许多大城市都花大力气创作了歌颂本城市的歌曲。这些歌大都唱不久、传不远，唯独赵雷的《成都》既久且远。

我反复听了，多次唱了，真的动人。《成都》的成功，在于它是一首温婉的平民歌曲，诉说一段缠绵的平民感情。

城市颂歌普遍写得高大上：高亢嘹亮，大气磅礴，上进催人。《成都》没有这些。成都那么美丽的风景，那么悠久的历史，那么高的幸福指数，歌里一句都没有。

《成都》的歌词，写的是平民的生活，平民的情感。唱者用第一人称倾诉：

让我掉下眼泪的，
不止昨夜的酒。
让我依依不舍的，
不止你的温柔。

常人的感情，一开头就能抓住平常人。随后唱，女孩挽着他的手，他把手揣进裤兜，两人在成都街头游走，直到所有的灯都熄灭了还不停留，随后又坐在小酒馆的门口。男孩想去闯荡世界，带不走的是成都的“你”，从未忘记的是成都的“你”。歌者没有唱成都的灿烂辉煌，没有唱女孩的花容月貌，没有唱两人的地久天长。就这么一个青年的一段成都情。仿佛是朋友熟人的事，甚至就是你自家、我自己。

《成都》的旋律流畅，叙述着，依恋着。没有大起大落，没有花哨的乐句，没有宽广的音域。特别有味的是采用不稳定的三拍子，描写两人在街头摇摇晃晃、拉拉扯扯的漫步。每一乐句都从第三拍弱起，唱者无法冲动，不能亢奋，只能浅吟低唱。赵雷并无天籁般的歌喉，却写出了无休的缠绵，唱出了无尽的温柔。有个演唱《成都》的视频里，一群如痴如醉的听众，有俊朗的小伙在神伤，有美丽的姑娘在抹泪。《成都》唱的就是他或她自己：挽着手，街头走，小酒馆，大门口。

世之大乐乃平民之乐，万民之乐，花钱不多，费事不大，平实恒久。好比花十几二十块钱在成都泡半天茶馆，或淡或浓的茶，或恬或闹的景，暖心烘脾，无法忘怀，回头再来。《成都》一曲，日常话，记得住；调调圆，好上口；轧马路，你和我；催人泪，昨夜酒；最难舍，那温柔。或许你带不走成都姑娘，你会记得住《成都》这首歌。

2020 年 5 月 28 日

造物的恩宠
——天才诗人罗大佑

罗大佑是公认的“音乐教父”，因为他作品数量丰，精品多，影响大。他的歌曲有一流的旋律，是位顶级的音乐家；还有超一流的诗词，绝对是一位天才的当代诗人。

歌词是诗。2016年诺贝尔文学奖授予美国歌曲创作人鲍勃·迪伦，就因为他的歌词是诗，是文学。罗大佑的歌词独特、撩情、幽默，和他流畅的旋律同样出色。比如，我们人人都喜欢他的《童年》：

总是要等到睡觉前
才知道功课只做了一点点。
总是要等到考试以后
才知道该念的书都没有念。

因旋律美，更因那歌词道出了我们当瓜娃子、傻丫头时的

“隐私”，唤醒了我们的童年记忆，令大家忍俊不禁。

罗大佑了不起，首先是他的作品传播非常广泛。试问，当代的（华文）诗人，谁的作品被人传颂比他更广？（我不想在这里举一串诗人的名字，避免对他们不敬。）当代诗人的作品，大多在文学圈里流传。他们的诗被圈外大众传诵的，每个诗人能有三两首甚至一首吗？算一算，大佑先生的《东方之珠》《童年》《恋曲 1980》《恋曲 1990》《野百合也有春天》《光阴的故事》等等，亿万人都传唱过两三首，听过六七首。说李白、杜甫、白居易伟大，首先是他们的诗家喻户晓。词人柳永了不起，缘于“凡有水井处，皆能歌柳词”。

我们赞美罗大佑，因为他的歌词情真意切。

“隔壁班的那个女孩怎么还没经过我的窗前，

“什么时候才能像高年级的同学有张成熟与长大的脸，

“盼望长大的童年，

“就在那多愁善感而初次等待的青春，

“我听到无言的抗议，在他们悄悄的睡梦中，

“我将青春付给了你，将岁月留给我自己，

“不要扫兴，人生已足够乏味，

“如今同学越看越顺眼，

……

迷糊有趣的童年，多愁善感的青春，奉献的爱情，中年的乏味，老同学聚会的欣喜等等，我们似曾经历，似曾相识。他

哦，抒情的印尼歌谣！

北京、马尼拉、岘港和巴厘岛召开的APEC会议我都出席过。开幕式上各国都精心筹备了大型文艺演出，唯有印尼巴厘岛会议与众不同。开幕式上只有一位身着蓝色西服的小提琴手上台奏了一首乐曲。动听极了，吸引了几千名与会者。这首曲子我似曾相识，遍寻记忆中的印尼歌谣，不得。什么啊——？原来是《心恋》，徐小凤在春晚上唱过。它不是港歌吗？看来根在印尼了。这首曲子悠扬轻快，似海风吹拂，像船儿晃动，令人心旌摇曳，妙不可言。单人单曲对应他国的大型歌舞，令人对印尼的音乐艺术赞叹不已。

二十世纪五十年代我们的音乐主旋律是红色，高亢嘹亮。除苏联老大哥外，他国音乐，尤其是资本主义国家的音乐，难以流行。当时印尼的苏加诺总统亲华，艾地领导的印尼共产党是议会第一大党。印尼在中国大力支持下于1955在万隆召开了第一届亚非会议，助中国登上大型政治舞台。这样，印尼歌曲就拿到了在中国流行的通行证。记得1957年天津人民出版社出版了《印度尼西亚歌曲选》。二十余首全是抒情歌曲，绿色、蓝色，与中国流行歌曲色彩互补，情调互补。岛、海、船、帆、沙滩、椰林、阳光、浪漫，如此多情的环境孕育的抒情歌曲，在中国站稳了脚跟。

印尼歌曲在中国登上舞台，第一曲是由刘淑芳演唱的《宝贝》，后来还灌了唱片，发行量极大。

宝贝——
你爸爸正在过着动荡的生活，
他参加游击队打击敌人，
我的宝贝。

革命主题，但旋律十分抒情，简直是首革命摇篮曲。那年月，群众活动、家庭音乐聚会，《梭罗河》《星星索》等成了必唱歌曲。我特别钟爱《莎里楠蒂》：

莎里楠蒂，亲爱的姑娘，
你为什么两眼泪汪汪？
亲爱的爸爸，亲爱的妈妈，
是尘埃吹进了我的眼睛。

一首欲泪难言的悲歌。也许莎里楠蒂姑娘是因为失恋而泪目，羞对父母言说，情调细腻动人。我却是因为处境卑微强忍着泪水唱这首歌。她有双亲，我的父母在哪里？我任由歌声排解我的苦痛，随着旋律呼唤我在天的爹娘。

改革开放后情歌流行起来。广播电视、交际舞会、小型演出，大唱特唱印尼的煽情的《哎哟，妈妈！》：

哎哟，妈妈，
你可不要对我生气，
年轻人就是这样相爱。

邓丽君大红，印尼歌曲《船歌》(即《星星索》)因她而走红。抒情的印尼歌曲在中国走到了顶峰。

呜喂——
风儿呀吹动我的船帆，
姑娘啊我要和你见面，
向你诉说心里的思念。

在巴厘岛知道了《心恋》源自印尼，我激动很久。近日学琴，练邓丽君的《甜蜜蜜》。乐谱上歌名边一行小字："曲谱取自印度尼西亚民谣"。

哦，抒情的印尼歌谣！

2020年3月8日

经济家常

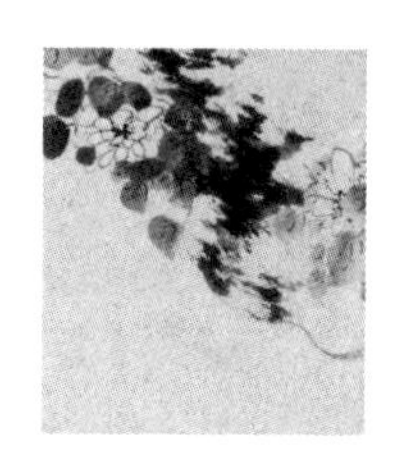

“经济家常”之一　220 碗小面钱

——工业化的重要性

下海三十余年，有些心得可聊，在商言商嘛。我知道，正儿八经地讲经济学，爱听的人不多，想试试，能不能聊经济如聊家常。

据我观察，基本食品价格的涨跌最能反映整体物价的涨跌。说行话，基本食品价格与物价指数高度正相关。但工业品价格则不尽然，比如，家电、汽车、手机等的价格，三十年来一降再降，可整体物价并没有降。

研究基本食品价格，以快餐最有代表性。许多重庆人早餐、中餐或晚餐就是一两碗小面，宜用小面价格来研究物价。别的地方或许是馒头，或许是汉堡包。

1992 年初力帆企业初创时，新进厂工人试用半年后转正，试用期最低工资每月 120 元。当时重庆小面每碗 0.3 元，120 元可吃 400 碗。随着物价上涨，企业的最低工资必须跟着上涨，涨多少，我反复琢磨，还是以 400 碗小面价钱为准。25 年后的今天(本文初稿写于2017年——笔者注),重庆小面每碗均价5.5元,力帆员工试用期最低工资也提升为每月 5.5×400=2200 元。

事实证明,这个按小面指数来调整最低工资的办法是较恰当的。它始终高于政府规定的最低工资标准,合法合规;还能确保员工的生活水平不降有升,合情合理。

一般地说,一个人每天 6 碗小面足够维持对食物的需要。一个月就需 180 碗。余下的工资 400−180=220 碗小面钱就作为他穿衣、住房、交通、学习、娱乐和购买日用品等等消费之用。我们把这吃饱之后余下的 220 碗小面钱的消费统称为食品之外的消费。

1992 年 220 碗小面钱是 220×0.3=66 元,2017 年 220 碗小面钱是 220×5.5=1210 元。1992 年月花 66 元和 2017 年月花 1210 元哪一年能购买更多的食品之外的消费?

答案是,2017 年的 1210 元比 1992 年的 66 元能够购买更多食品之外的消费,因为食品之外的消费主要是工业品和与工业相关的服务,它们的价格涨幅相对较低。比如,1992 年一部手机要卖 30000 多元,老板们都做不到人手一部;当下同样性能的一部手机 300 元不到,力帆拿最低工资的员工也买得起。1992 年桑塔纳轿车一辆卖 23 万元,当下 7 万元不到。又比如电视机、空调、洗衣机、牙膏、香皂等等工业品和公交车、出租车、火车票、飞机票、电费、水费、油气费、通信费、图书等等消费,25 年间上涨的幅度都远不及基本食品小面。25 年间,小面价涨幅是 5.5/0.3=18.3 倍。而出租车费上涨不到 1 倍,电费上涨不到 5 倍,公交费上涨不到 10 倍等等。我们可以得出结论,

25年后，员工除了吃饱还能购买更多的食品之外的消费，生活水平提高了。

谁的功劳？工业化。工业化发展进程中，工业品和与工业化相关的服务价格上涨幅度低于物价指数的上涨幅度。甚至还有一些工业品如家电、汽车、手机等，价格不升反降。

吃饱之后余下的工资220碗小面钱，工业化不发达时能买到的食品之外的消费较少，工业化发达后买到的较多。工业化是群众生活提高的源泉。此外，工业化还增加了就业岗位和全社会的工资总额，提高了群众的生活水平。本文还未谈及工业化对科技、国防等方面的促进作用。

有道是，无农不稳，无工不富。工业化实在重要。

后记：经济学是这样讲的，恩格尔系数（Engel's Coefficient）指居民家庭中食物支出占消费总支出的比重。根据联合国粮农组织提出的标准，恩格尔系数在59%以上为贫困，50%–59%为温饱，40%–50%为小康，30%–40%为富裕，低于30%为最富裕。

工业化不发达的国家，家庭把大量的收入用来吃饱肚子，生活水平较低，恩格尔系数高。工业化发达的国家，家庭花较少的收入就能吃饱吃好，更多的收入用作食品外的消费，生活水平较高，恩格尔系数低。

2017年10月初稿

2022年1月 二稿

“经济家常”之二　摩托车多少钱一斤？

——市场竞争好

话说有个小孩，妈妈常叫他去打酱油。一路上他老用指头蘸着舔。不久他就搞清楚了长街上哪家的酱油味道好，他宁肯多走些路也要去那家铺子打酱油。那个嘴馋的小孩就是我。

小时候我爱吃抄手，有面有肉，油汤油水的。妈妈总带我去汪幺娘那家馆子吃。她说:“汪家的抄手不仅好吃还更相应(便宜)。”

十三岁我卖针为生。一条街上有十几处都在卖针。针都是重庆下来的洋钢针，顾客凭啥子要买我的？我琢磨，得靠嘴巴甜。于是我便大姐、大嫂、大娘、婆婆，巴巴适适地喊个不停。我还把自己收拾得利利索索，讨姑娘嫂子们喜欢。

你看，小小孩童的我便感悟了，商品要物美价廉，商人要服务态度好，顾客才喜欢。

青少年时代，我发现自己有数学天赋，一心想当个数学家。

老天知晓我命不当此，便赏了我一碗工厂主的饭吃。不顾我的数学天赋，却早早给了我市场感悟，叫我去市场拼质量、拼价格、拼服务态度。

1995 年是我国市场经济的转折点。那之前市场供不应求，只有造不出的东西，没有卖不掉的货物。力帆产销摩托车发动机，从来没有库存，只嫌产能不够。

1995 年起市场开始变化。那一年，力帆产的 100 毫升四冲程摩托车发动机每台售价 2050 元，能赚 500 元。丰厚的利润吸引投资者蜂拥而来，转眼间重庆就有了一百多家摩托车发动机厂，很快便供大于求。竞争逼着厂家打价格战，到今日，2017 年，售价已跌到每台 650 元，利润仅十来元。

1998 年力帆 125 毫升摩托车每辆售价一万多元，赚得盆满钵满。今日之出厂价降到 3500 元，利薄如纸。这款摩托，自重 118 公斤。刚生产时平均每（市）斤可卖 45 元。价格战中一路降价，40、35、30、25、20，现在每斤 15 元了。那么高的技术含量，那么优质的材料，卖摩托车就像在农贸市场卖菜，论斤卖了，15 元一斤，比猪肉价格还低。

整车厂、零部件厂家家难以度日。那年月有人统计，我国的民营企业平均寿命不到三岁。不是富不过三代，而是活不过三年。一位零件厂老板，三杯酒下肚后，用湿漉漉的醉眼盯着我说："大哥，赚不到钱了，儿呵（哄）你！就是卖点（加工削下的）铝屑挣点渣渣钱了……"那场面真是一片肉，薄飞飞；一杯酒，冷冰冰。于是我在许多场合呐喊：摩托车多少钱一斤？这个黑色幽默被几十家媒体报道过。

摩托车论斤卖，反映了市场竞争的残酷，工厂的艰难。另一方面，企业拼质量，拼价格，拼服务，还搞研发拼新品。让顾客买到质优价廉、花色多样的商品，享受到优良的服务。消费者是市场竞争的最大的受益者！

我脚大，45 码的鞋常常买不到，不时被迫穿小鞋。今年我学会了网购，花色多得令我眼花，价格低得令我傻眼！大半年不经意间竟买了四五双大码鞋。穿鞋前还有四五秒的犹豫（穿哪双啊），穿上后却有四五个小时的舒服。

市场竞争使消费者受益，消费者受益后，消费意愿增强，商品销售兴旺，增多了就业岗位，增加了税收，增强了国力。力帆企业开创时年产两三千台，十多年后年产两三百万台。员工从九个人发展到上万人。

严酷的市场竞争，经济学上叫看不见的手，淘汰了一些竞争乏力的工厂，锻炼了竞争努力的企业。企业的技术、管理、效率都得到了提高。比如，力帆申请的专利多达万条，其中，发明专利七八百项。也是在 1995 年我们悟出了竞争势不可当，便在工厂的墙上大写二十六个字警醒员工：

大浪淘沙，
是沙自流，
是金自存。

谁胜谁负天知晓，

是沙是金弄浪潮。

看官请听歌曲——

《沧海一声笑》！

2017 年 11 月初稿

2022 年 1 月 二稿

“经济家常”之三　差不多先生后传

——质量是企业生命

“你知道中国最有名的人是谁？提起此人，人人皆晓，处处闻名。他姓差，名不多，是各省各县各村人氏。”这是胡适之先生的文章《差不多先生传》的开头。我小学时学过，文意惊悚，至今未忘。

适之先生1919年写这篇文章时，差不多先生遍布华夏。百年后的今日依然华夏遍布。差不多思想当下无处不在：将将就就，勉勉强强，凑凑合合，马马虎虎，过得去吧，麻麻地呀……上面这些词组，恐怕我们都用过，说不定还常常用。

九十年代末，力帆摩托率先进入越南市场，随后来了中国大军。同样车型，中国车平均质量已达日本车的95%，差不多了；可价格只是日本车的三分之一，差了很多。1998年，最流行的100毫升弯梁车，日本造每辆约一万五千元（折算成人民币，下同），而中国造仅五六千元。质量只差四五个百分点，价格为什么差六七十个百分点。我愤愤不平！这个令人痛心的现实在我心里结了个死结，直到我想起了自己洗衣的经历才松开。

小时候我的衣服都是妈妈、姐姐洗。念中学时，钱多的同学衣服可以包给别人洗。我靠助学金生活，连剃头的钱都没有，只好自己洗。总认为洗衣服耽误了学习和玩乐，心头一百个不痛快。于是三搓两揉，三分钟就洗好一件衬衫，污垢也洗去95%，差不多了。衣领和袖口的汗渍不过占整件衬衫污垢的5%，但很难洗净，随它去吧。要洗掉最后这个5%，真不容易，还得多搓搓多揉揉，还得再花两个三分钟。

洗净100%和洗净95%相比，功夫要花三倍！100%质量的产品，价格是95%质量产品的三倍，也合情合理吧（当然，还有品牌附加值的因素）。想明白了，我对摩托差价无怨可诉了。经商三十余年，类似的例子不少。再如，有个国外进口商对我说过："尹先生，你们发动机质量大体不差，差就差在你们的紧固螺钉和垫圈，用一年左右就松动了，而日本的终身紧固不松。"他们把我们的发动机运到国外，把螺栓垫圈全部换成日本件。换件花费不过三十来元，售价提高了七八百元。

奥运会100米短跑，第四、五、六名和第一、二、三名比较，成绩也只差一点点，所获的荣誉和奖励差得太多。"差之毫厘，失之千里"，古今中外，过去、未来，都是这个理。

要做好质量，需要优良的硬件——生产设备、检测设备等，还需要优良的软件——各种质保制度。力帆和我国众多企业一样，经过多年的努力，硬件软件的数量、性能都渐趋一流。但是，我们的步伐欠稳，没做到一步一个深脚窝。原来力帆员工也和我国众多企业的员工一样，“差不多”意识根深蒂固。也许你平常干活精益求精，可是，昨晚你打麻将输了，或者今晨挤公交车发生了什么不愉快等，让你心神不宁。这时候你迷迷瞪瞪地干活就会差一点点。你和我们对此并不较真，因为我们岁岁年年都习惯了差不多，因为我们祖祖辈辈都不在乎差这么一点点。

设计差不多，材料差不多，工艺差不多，设备差不多，检验差不多，维护差不多，等等，只要存在着一个差不多，且不说多个叠加，我们的产品质量等级就是“差不多”。于是，进口的比国产的好，大家只得承认；进口的比国产的贵，大家无奈接受。于是，精密机床、航空发动机、光刻机、芯片等等，越尖端，越进口。再也不能差不多！

生活就像爬大山，
生活就像趟大河。
一步一个深深的脚窝，
一个脚窝一支歌。

（摘自歌曲《再也不能这样活》）

2017 年 11 月初稿
2022 年 1 月 二稿

“经济家常”之四　异想天开，茅塞顿开
——创新求发展

到处是本田，
遍地雅马哈，
问问力帆人，
要我们干啥？

1992 年力帆初创时只有二十万元资金和九名员工。一边努力挣饭钱，一边还盯着世界摩托巨头本田、雅马哈。志向远大，心比天高。

怎样才能赚大钱？求师访友，查报阅书，摸索三年我们有了答案。赚大钱（不是小钱）只有三条路：垄断、投机和创新。我们很清醒，自己不过是个小小的民企，别妄想垄断，别痴心投机，只能一心一意创新。1995 年我们这样制定了方向：

获利路有三，

垄断我无权，
投机我没胆，
创新求发展。

力帆生产摩托车发动机，无疑，创造新技术、创造新产品才是我们的主业。二十世纪九十年代，我国主流四冲程摩托发动机，全是脚起动，脚踩费劲，常常还要踩两三脚。如果我们能造出电起动的发动机，市场一定欢迎。于是我们雷厉风行，熬更守夜，砸锅卖铁，汗水、泪水汇流成河，绕礁冲滩，终于在1995年全国首家推出。电起动一触即发，轻巧灵便，用户喜欢，供不应求，客户们急不可待，要求我们不用汽车发货而改用飞机。就这样力帆成了江北机场的最大货运用户。电起动这项创新的年利润高达亿元以上。二十多年来，力帆在技术上还有摩托车的水冷、多气门、电喷等创新以及汽车的无人驾驶、换电系统等创新。迄今为止（2017年）共有发明专利748项。最荣耀的是，力帆摩托车电喷控制板（芯片）于2012年出口给德国最大的半导体公司英飞凌，每片400美元。是我国摩托车行业的第一笔技术性产品出口！

多年的创新历程，我们积累了一些心得。

一、创新不只是创高

二十世纪九十年代初，我国造的70毫升、90毫升四冲程摩托发动机，左边盖又小又丑。我们把它改大改美，用户很喜欢。

当时一家国有摩托车大厂厂长不屑地问我:“你这个也叫创新?”是的，它没有很高的技术含量，不是颠覆性的伟大发明。但是，前所未有，为什么不可以叫“新”？它好看，摩托男、摩托女哪个不爱漂亮？改进后，每台成本增加不到50元，售价却增加100元，每台多赚50元。那时那款发动机年产十几万台，年利润平添千万元，名不至而实归。别把创新的标准定得高不可攀，那会吓退小企小民。创新鼓励创高，但创新不只是创高。应当鼓励一切企业一切个人的一切创新。平凡的创新多了，伟大的创新才会出世。

二、创新不只是技术创新

2000年，力帆收购 甲A级的前卫寰岛足球队，进入甲A（后改名中超）联赛。原来不过百万人听说过的力帆，一夜之间为三亿多球迷知晓。真是，十年寒窗无人问，力帆一球天下闻。知名度是扩大销售的基石。我们又花50万元引进了越南头号国脚黎玄德。他披挂力帆战袍在中国球场上征战，使得大批力帆摩托在越南公路上驰骋。营销创新、管理创新也能发展企业。

三、奖励成功，宽容失败

创新从无到有，谁知路怎么走？如果失败了还要被嘲笑，受处分，谁还愿意去创新冒险？于是，我们有了“奖励成功，宽容失败”的制度，二十多年来，力帆从未处罚过创新失败者。

我们表彰成功的英雄，也慰问失败的勇士。

创新发展了力帆。二十年后，员工从九人到两万多人，有二十多家工厂，有国家级技术中心，有上万条专利，专利数列我国汽车业第二名、摩托车业第一名，产品远销一百五十多个国家。

创新成功叫先驱，创新失败叫先烈。不管成功失败，不管先驱先烈，我们的心定在这里：

异想天开，茅塞顿开；

胆大妄为，大有作为。

2017年12月初稿

2020年1月 二稿

“经济家常”之五　人不出门身不贵
——“走出去”利国利民

据说，毛主席曾经问过他身边的人：“什么叫军事？”身边人拟了好多个答案，毛主席笑着说：“没你们说的那么复杂。军事就是一句话：打得赢就打，打不赢就跑！”

从1995年起，中国市场渐渐转为买方市场，供大于求，生意难做了。我们力帆开始感到压力山大。向何处去？力帆年轻骨嫩，在国内，我们斗不过强大的国企嘉陵、建设、金城，打不赢外企本田、雅马哈、铃木。我们想起了毛老人家打不赢就跑的教导，决定让开大道，占领两厢，到国外去寻找赖以生存的青纱帐、甘蔗林。于是我们招兵买马，操练队伍，进出口公司最多时有五百多人。我本人也身先士卒，1997年六十岁时起，我背上一个挎包，装着一个快译通和一本金庸小说，单人独骑漂洋过海。

有人问我，中国市场这么大，你们为什么舍近求远？

首先，在国外产品售价更高、更赚钱。朋友不信：“力帆的出口市场多是穷国，穷国售价会更高？”是的。中国穷的时候桑塔纳轿车卖23万元，中国富了后只卖7万元。

其次，在国外品牌歧视度低。世界上最爱面子的就是我们的同胞。女婿开个民族品牌的车，丈母娘可能不准他进门。力帆汽车生在重庆，重庆的权威人士怎么也不肯选择力帆轿车作出租车，可莫斯科就有力帆Taxi。国外有部长坐力帆车，我不知道国内有没有副厅级以上官员坐力帆车。

另有朋友问我：在家千日好，出门时时难。你们为什么舍易求难?

是的，出门难。你们想得到的难，隔山隔水，异法异规，怪言怪语，消费习惯不同等等。还有你们想不到的困难。

一难售后服务。计划经济几十年，物资紧缺，国人习惯了“货物出店，概不退换”。国外服务严格，不退不换不修，就会没有回头客，“无可奈何花落去”。我们就被迫打一枪，换一地，沦为“海漂”。搞好售后服务，才可能“似曾相识燕归来”。开拓一片市场艰难，不能做“一锤子”买卖，要有长远打算。市场若是久长时，又岂在朝朝暮暮。

二难出口人才。能讲外语的大学生，请他来当商务主任、公司老总，他愿意。请他去国外搞售后服务，拧扳手、敲榔头，他可不来。怎么办？我们在生产线上招募技校生、高中生做志愿者。每人工资加一级，请重庆大学外语学院给远征军做半年封闭英语培训，前后培训三百多人。这三百子弟兵是力帆的海外远征军，成了力帆海外工厂的生产领班和海外市场的服务骨干。

三难金融支撑。中国摩托，包括力帆，曾经“统治”印尼，最后被日本摩托挤走。因为日本产品走到哪里，日本金融系统就跟到哪里。印尼的代理商、消费者都可以零首付提车。力帆手长衣袖短，只得搞现款现货，至少也要信用证提货，斗不过日本人。中国金融，赚同胞的钱把规模做到世界第一。真希望他们也到门外去狠狠！

还有人责备政府的出口退税政策，说这是贴补外国人。这话失之偏颇。世界各国，出口零税率，无一例外！每一个国家的 GDP 都有一个重要的加项：净出口。每个国家都会争夺出口市场。中国今天，货物贸易世界第一，经济总量世界第二，出口功不可没！

力帆发展也仰仗出口。力帆曾连续十四年获重庆市出口第一名。我们的摩托车和汽车远销一百五十多个国家和地区。我本人在六十岁后还跑了三十八个国家。力帆的销售收入，好些年都是出口大于内销。声名远播的“渝新欧”专列，首发五十个车皮，百分之百装的是力帆的汽车散件，销往俄罗斯。

力帆人说：

国内赚钱，市场好汉；
海外获利，民族英雄。

老祖宗说：

人不出门身不贵，

火不烧山地不肥。

2017年12月初稿

2022年1月 二稿

“经济家常”之六　浅谈虚拟货币
——兼谈无政府主义

在上世纪四五十年代，巴金的小说《家》如果不是最好的作品，也是最流行的作品。温情脉脉的男欢女爱，勇敢地反抗包办婚姻和封建礼教，吸引了几代青年。巴金本名李尧棠，据说年轻时他崇拜无政府主义，便把两位无政府主义大师巴枯宁和克鲁泡特金的名字一取头一取尾，合成了他的笔名巴金。

无政府主义思潮曾经时髦过。人从小到大都有摆脱管束的天性，没人打骂，没人监管，没人掀摊子，没人掰秤杆，没人抽税……无政府的景象确实吸引人。历史上曾涌现过许多无政府主义的思想家、实践者，远古的老子、庄子就有点无政府主义的味道。无政府主义者探索无政府的主张，组织无政府的社团，建立无政府的社区。他们初衷可嘉，结局可悲。

没有政府行吗？我们开车在公路上行走，限速，限行，限酒驾……太多的监管令人们不自在，巴不得取消之。有人骂警察：“最坏要数交警队，站在街头吃社会。”但是，当无序行车泛滥，车子乱超车乱闯禁，大家都堵着动不了，我们就会抱怨：“交警大爷快快来，小民回家要煮饭。”群居的社会，没管理、没政府还真难以运行。

没想到无政府主义思潮在当今货币圈却掀起了一阵狂风巨浪。当代人们使用的货币，如人民币、美元、欧元、英镑、日元、瑞士法郎等等，叫法币，是各国政府依法颁发的货币，靠政府的威权（武力）和信用推行着、维护着。但人们使用法币也有不方便或利益受损的时候，比如法币因滥发而贬值，汇兑受一定程度的管制，存款利率低贷款利率高等等。这时就会有人嫌弃法币，就会有人想法撇开法币。“哥几个，我们共同约定个规则，自己‘印’钞票来自己花，不受央行管辖，不被央行拔毛。自立忠义堂，大碗喝酒，大块吃肉，岂不快哉！”

当前流行的“自己印自己花”的货币其实是电脑的一些算法，所以叫虚拟货币（也叫加密货币）。其共同点是去中心化，说直白点，就是没有央行监管（让政府靠边），大家按约定的规则自行成币、自行兑换、自行交易。自由自在还不交税，何等动人！有的虚拟货币依托互联网技术，设计和制定的规则比较完善，还可保证不被公开，不被篡改，不被盗窃，简直迷人！比特币的规则还规定总量永远不超过 2100 万枚，就不会因滥发而贬值。

像无政府主义有众多门派一样，虚拟货币也一下子涌现了许多品种：比特币、以太币、狗币……近来虚拟货币价格高得惊人。有朋友问，虚拟货币不以政府威权作后盾，怎么会值钱？而且还值大钱？答：有人为了获利，有人为了方便，从而信任它、需要它、想持有它。需求的人多了，该币就供不应求，物以稀为贵，新人接盘，只能高价购入。信任比特币的人越来越多，总量又不超过 2100 万枚，于是价格就越来越高。当前一枚高达数万美元，甚至有人预言可能上数十万美元。简言之，是因为想拥有它的人增长了几万倍，所以价格才上涨了几万倍。就像过去某种邮票、郁金香等因为想拥有它们的人多了，也曾经值过大钱。虚拟货币价格炒高还因为有马斯克这样的超级富豪和一些特大财团在哄抬。

由于互联网技术高超，由于丰厚的利益可期，由于可以逃脱政府的外汇管制，当今的虚拟货币是无政府主义思潮的一场空前精彩的大表演。人数之众多已超过历史上任何无政府主义的社团或公社，比特币的总市值已超万亿美元，还培育了无数亿万富翁。但它们去中心、去央行的无政府主义本质注定它们长不了。

首先是央行（政府）绝不会允许民间的虚拟货币取代或动摇他们的法币，损害或劫走政府的权威红利。近期，我国金融监管部门已经颁布规定，禁止一切金融机构从事虚拟货币的交易、兑换。美国当局也规定交易一万美元以上必须登记（相信还有后手）。为了防控金融风险，为了节能减排（有人统计，比特币每年挖矿［即制币］要消耗 1493.7 亿度电），各国央行打击虚拟货币目的光明正大。正义加枪杆，天下无敌。

其次，虚拟货币吸引人的要点是去中心化（去央行），但演变到一定时候，虚拟币就会集中（被垄断）到少数财团手里，形成新的中心。去中心的初心消失，散户们终将绝望。

最后，按当前的互联网技术制定的规则，虚拟货币可以去中心，可以防盗窃。但科学技术天外有天，哪天有了新突破，比如用量子技术来解密，就可能窃走你的虚拟货币。那时你就叫天天不应、叫地地不灵了。

还得说说数字货币与虚拟货币的区别。我国颁发的数字货币DCEP是法定数字货币的简称。它是央行发行的法币，有中心。而本文所指的虚拟货币是私密的、无央行的、去中心的。

自由是对必然的认识，想自由就得遵从必然。想摆脱必然王国的政府，创造出去中心、去央行的虚拟货币，看起来很美，它和无政府主义思潮一样，很难走远。

2021年5月25～31日

跋

“半路出家”者当然不及科班生，更不及那些有童子功的练家子。

“半路出家”的笔者，文章自不如知名文人或专业作家，更莫谈我快满八十才开始写作。随意之笔，随兴而作，两三年积累了七八十篇，集名《芭蕉飕飕》。贸然寄给不识一人之煌煌三联书店，他们竟一口答应出版，惊得我连谢都来不及道。

三联出版《芭蕉飕飕》时说，这是“尹明善先生的第一部随笔集”，委婉地鼓励我继续写。我想，至少得再写一本才不辜负三联的“第一本”说之雅意。两年后又得六七十篇，集称《春色如许》。三联又赐给我出版的机会。情之大焉，难以言谢了！

八五老翁尹明善鞠躬

2022 年 3 月 15 日